共和国的历程

横扫秋叶

歼灭宋希濂残部与湖北剿匪

李 奎 编写

蓝天出版社 吉林出版集团有限责任公司

图书在版编目（CIP）数据

横扫秋叶：歼灭宋希濂残部与湖北剿匪 / 李奎编写.
—北京：蓝天出版社，2014．1（2023.3重印）
　（共和国的历程）
　ISBN 978-7-5094-1061-5

　Ⅰ．①横… Ⅱ．①李… Ⅲ．①革命故事－作品集－中国－当代 Ⅳ.
①I247．8

中国版本图书馆 CIP 数据核字（2013）第 305440 号

横扫秋叶——歼灭宋希濂残部与湖北剿匪

编　　写：李　奎
策　　划：金永吉　荆忠峰
责任编辑：祖　航　梅广才
出版发行：蓝天出版社　吉林出版集团有限责任公司
地　　址：北京市复兴路 14 号
邮　　编：100843
电　　话：010--66983715
经　　销：全国新华书店
印　　刷：北京柏玉景印刷制品有限公司
开　　本：710mm×1000mm　1/16
字　　数：69 千
印　　张：8
版　　次：2014 年 4 月第 1 版
印　　次：2023 年 3 月第 3 次
定　　价：29.80 元

版权所有　翻印必究　如有印装质量问题，请寄本社退换

前　言

　　中华人民共和国自 1949 年 10 月 1 日成立以来，已走过了六十多年的风雨历程。历史是一面镜子，我们可以从多视角、多侧面对其进行解读。然而有一点是可以肯定的，那就是，半个多世纪以来，在中国共产党的领导下，中国的政治、经济、军事、外交、文化、教育、科技、社会、民生等领域，都发生了深刻的变化，中国人民站起来了，中华民族已屹立于世界民族之林。

　　这段时间放到整个历史长河中是短暂的，有如弹指一挥间，但它带给中国的却是极不平凡的。六十多年里神州大地经历了沧桑巨变。从开国大典到 60 年国庆盛典，从经济战线上的三大战役到经济总量居世界前列，从对农业、手工业、资本主义工商业的三大改造到社会主义市场经济体制的基本确立，从宜将剩勇追穷寇到建立了强大的国防军，从废除一切不平等条约到独立自主的和平外交政策，从"双百"方针到体制改革后的文化事业欣欣向荣，从扫除文盲到实施科教兴国战略建设新型国家，从翻身解放到实现小康社会，凡此种种，中国人民在每个领域无不留下发展的足迹，写就不朽的诗篇。

　　六十几年在历史的长河中犹如沧海一粟，但对身处其间的个人却是并非无足轻重的。其间究竟发生了些什么，怎样发生的，过程怎样，结果如何，非人人都清楚知道的。对此，亲身经历者或可鲜活如昨，但对后来者却可能只是一个概念，对某段历史的记忆影像或不存在或是模糊的。基于此，为了让年轻人，特别是青少年永远铭记共和国这段不朽的历史，我们推出了这套《共和国的历程》。

《共和国的历程》虽为故事形式，但与戏说无关，我们是想借助通俗、富于感染力的文字记录这段历史。这套丛书汇集了在共和国历史上具有深刻影响的重大历史事件。在丛书的谋篇布局上，我们尽量选取各个时代具有代表性的或深具普遍意义的若干事件加以叙述，使其能反映共和国发展的全景和脉络。为了使题目的设置不至于因大而空，我们着眼于每一重大历史事件的缘起、过程、结局、时间、地点、人物等，抓住点滴和些许小事，力求通透。

历史是复杂的，事态的发展因素也是多方面的。由于叙述者的视角、文化构成不同，对事件的认知或有不足，但这不会影响我们对整个历史事件的判断和思考，至于它能否清晰地表达出我们编辑这套书的本意，那只能交给读者去评判了。

这套丛书可谓是一部书写红色记忆的读物，它对于了解共和国的历史、中国共产党的英明领导和中国人民的伟大实践都是不可或缺的。同时，这套丛书又是一套普及性读物，既针对重点阅读人群，也适宜在全民中推广。相信它必将在我国开展的全民阅读活动中发挥大的作用，成为装备中小学图书馆、农家书屋、社区书屋、机关及企事业单位职工图书室、连队图书室等的重点选择对象。

编　者

2014 年 1 月

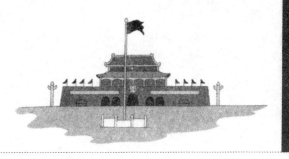

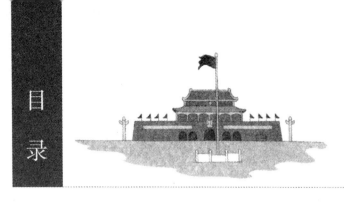

一、 围歼鄂西残敌

● 四野战士纷纷下定决心，要把宋希濂残余势力清剿干净，进而解放湖北！

● 很多战士都泡烂了脚，有的战士还崴了脚，可他们却忍着脚痛继续赶路，没有一个人埋怨过。

● 四五一团一营营长田老保、二营营长杨度生不管敌人的炮火有多么猛烈，他们都冲到队伍的最前面，带领战士们拼命往前冲。

四野发起二次鄂西战役

1949 年 10 月 22 日，中国人民解放军第四野战军下达发起二次鄂西战役的作战命令。

命令如下：

> 集中第五十军三个师、湖北军区两个独立师、第四十二、四十七军各两个师共九个师的兵力，由湖北军区第一副司令员王宏坤、参谋长张才千统一指挥，于月底再次发起鄂西战役，求歼宋希濂集团。

二次鄂西战役的具体部署是：

> 第四十七军第一三九、一四一师由大庸、桑植一线出发，经来凤迂回恩施，占领利川，截断宋希濂西退道路，如其未撤，第二步即由西向东进攻。
>
> 与此同时，湖北独立第一、二师及第四十二军第一五五师（第一二四师未赶到），由秭归渡江向建始、恩施前进。
>
> 第五十军全部由湖北宜昌秭归间渡江，由

东向西经资丘一带向恩施攻击前进。

在此二次发起鄂西战役的前夕，解放军四野部队曾发起了鄂西战役，并取得了宜昌战役的胜利。当时，宋希濂从宜昌败退到湖北恩施以后，解放军也做了短暂的休整。

为了肃清国民党在鄂西的顽敌，并配合二野打通西进的道路，四野准备在发起广西战役的同时，发动对湖北宋希濂残军的作战。于是，四野指挥部就着手这次继续围剿宋希濂的准备。

战斗命令下达后，战士们纷纷下定决心要把宋希濂残余势力清剿干净，进而解放湖北。

四野作好部署之后，刘伯承、邓小平率领的二野决定对四野发动的鄂西战役予以配合，于 10 月 29 日发出《进军川黔作战的补充命令》。

命令如下：

围歼鄂西残敌

> 第三兵团应以现在最先头之一个军，全部轻装，沿四野第四十七军主力之右侧，以快速行动，直出彭水、黔江（要点），截击可能逃跑之宋匪，并协助四十七军歼击右侧顽抗之匪军。
>
> 第三兵团主力则依此调整部署，速按原计划分别出遵义及尾先头军跟进。
>
> 第五兵团及第三兵团之第十军仍按原计划

速出贵州。

四野再次发起的鄂西战役，有力地配合了刘、邓大军挺进大西南的军事行动。

四野以第五十军、湖北两个独立师及第四十二军第一五五师为右集团，以第四十七军主力与二野第三兵团主力第十一、十二军为左集团，把宋希濂集团紧紧包围，切断敌人逃跑的退路，力求把这伙残军剿灭在湖北。

湖北西部的巴东到贵州境内的天柱，两地之间大约有500公里，是国民党"西南防线"上地势最复杂的地段之一，也是敌我双方争夺的重点。

在两地的北面，长江水自万县以东经过巫山流入湖北境内，经过西起奉节、东至湖北宜昌长达200公里的峡谷地带，两岸的山高大险峻，是交通的咽喉。而在这些地区的南部，有武陵山，那里山高陡峭、树木茂密，到处是悬崖绝壁，很难通行。

10月28日，鄂西战役打响了。

四野右集团第五十军兵分三路由湖北宜昌、秭归、香秭等地开始渡江，而后向鄂西南进击。

11月3日，五十军击破国民党军第一二四军等部的防守，攻占巴东、绿葱坡、野三关等地。

四野左集团第四十七军主力在10月30日从永顺、大庸出发，11月1日进至龙山以南招头寨一带。

四野作战部队发起的强大攻击，让川湘鄂绥署主任宋希濂、川鄂边绥署主任孙震等人大为震惊，慌忙向重庆请求支援。

国民党西南军政长官公署长官张群也极为恐慌。张群马上叫来自己的秘书，连续发了三份电报。

第一封发给蒋介石，告诉他"西南防线"的情况，请蒋介石尽快返回重庆。

第二封是发给东线三位绥署主任和四个兵团司令官的，并警告他们说："东线为党国复兴基地命脉所系，必须死守。"

第三封则是发给第十五兵团司令官罗广文的，命令他由川北前往基江，准备增援宋希濂集团在鄂西作战。

根据张群的指令，宋希濂决心集中优势兵力由永顺方向对我军发动攻势。

为此，宋希濂下达命令：

> 第一二二军调至鄂西整补。以第一二四军阻击四野右集团。调第一一八军至龙山、来凤，令第二军由咸丰南下，以第十五军进至来凤以北的沙道沟，令第七十九军西移鹤峰，集中四个军于6日起由北向南对解放军第四十七军发动攻击。

围歼鄂西残敌

针对宋希濂准备对第四十七军发动进攻的企图，二野、四野部队密切配合作战。四野首长令第四十七军准备迎接敌人发起的攻击。

根据四野的作战部署，四野左右两路同时向敌人攻击前进，迅速攻破了宋希濂集团的一线防御。

担任右路进攻的第五十军和第四十二军，在曾泽生、吴瑞林两位军长的率领下，迅速攻占建始、恩施等敌人防御要点后，继续向咸丰挺进。

11月7日，已经陷入解放军包围圈的宋希濂方才醒悟过来，眼看自己的部队快要陷入解放军的合围，便急忙部署部队向乌江以西撤退，企图后退至黔江、两河口、龚滩、彭水地区组织防御。

这一带山岭连绵，地势险要，并有唐岩河、郁江做天然屏障，易守难攻，素有"川湘咽喉"之称。

四野首长发现来凤、龙山地区的国民党军于8日晨开始西撤后，遂命令第四十七军发起追击，要求每天以50公里以上的速度南进。并强调，此次追击须准备直追至丰都、涪陵一带，在长江与乌江边歼灭全部敌人。

右路军在王宏坤的统一指挥下，于10日占领宣恩，并乘胜南下，在咸丰附近地区截住了宋部第七十九军两个师，第十五、一二四军各一个师。

13日，王宏坤集中第五十军第一四八、一四九师，湖北独立第二师及第十一军第三十三师主力，将敌人4个师包围于宣恩以西之沙道河、高罗、麻阳地区。

经过6天的激烈战斗，除国民党第七十九军军长赖传文率一部乘隙逃跑外，其余的敌人全部被剿灭，生俘敌第七十九军副军长肖炳寅。

四野左路第四十七军在白涛全歼其第十四兵团部，俘该兵团司令官钟彬。

到了 11 月 25 日，鄂西战役结束，湖北全境解放，湖北各界人民群众奔走相告，到处是一片欢乐的海洋，胜利的喜悦溢满大家的脸庞。

此次战役，人民解放军共歼灭国民党残军 4 万余人，从东面打开了进军四川的门户，为二野挺进大西南提供了便利。

鄂西战役是异常激烈的，这期间还有许许多多的故事，让我们回过头来看看吧……

围歼鄂西残敌

解放军布网围歼宋希濂

为粉碎蒋介石的"长江中游防线"和西南联防计划，解放军四野于 1949 年 6 月底，下达命令。

命令如下：

> 十三兵团三十八军于 6 月底进至宜城、钟祥一线隐蔽集结；四十九军至沙洋、马良集结，西渡汉水切断敌军向沙市的退路；7 月 3 日四十七军集结襄阳，截断敌军向湖北宜昌的退路；三十九军为预备队，从云梦出发尾随四十七军向荆沙进击；鄂独兵团一、二两个师在当阳正面吸引敌人。

就这样，解放军在宋希濂部的东、东北和北面布下一个张开大口的袋子，只待敌人钻进来。东面的四十九、三十九军，北面的四十七军两翼斜插迂回包围收紧袋口，然后全歼宋希濂的十四兵团。

在解放前夕发起鄂西战役时，当时宋希濂盘踞在湖北的鄂西地区，气焰十分嚣张。

南京解放之后，解放军的大部队浩浩荡荡地向中南、西南挺进，一路上打得敌人落花流水，让敌人闻风丧胆，解放军战士斗志昂扬，向前步步推进。

当时解放军第四野战军和第二野战军一部，在鄂西地区负责对国民党军进行作战。战士们下定决心要把敌人赶出湖北，让湖北人民从此获得解放。湖北人民更是早就期待着这一天的到来。

国民党南京政府垮台之后，蒋介石企图组织西南联防，"割据西南，反共复国"，特地把宋希濂从新疆调到湖北宜昌，担任华中剿匪副司令兼湘鄂边绥靖司令官和十四兵团司令。

这个时候，盘踞在西南地区内的国民党军队总共约有 90 万人，其中，作为主力部队的作战兵团主要有：

> 部署在陕南、川北一带，归川甘边区绥署主任胡宗南指挥的第五、七、十八兵团，共十二个军；部署在川东鄂西地区归川湘鄂边区绥署主任宋希濂指挥的第十四、二十兵团，下辖六个军又四个师。

在鄂西主要是宋希濂的军队，这也是解放军首先要消灭的目标。

宋希濂的名声虽没有胡宗南那么响亮，却也是蒋介石非常看重的人物。

宋希濂字荫国，生于一九〇七年，湖南省双峰县人，黄埔军校一期学生，国民党陆军中将，曾任华中剿匪副

司令兼湘鄂边绥靖司令官兼十四兵团司令。

为了加强对湖北的统治，阻击解放军西进，宋希濂从湘鄂各地调来6个军计10万余人，军舰7艘，飞机100架布防于岳阳至巴东沿江两岸，构筑"长江中游防线"，指挥部就设在湖北宜昌城。

7月9日，战斗打响。

我军广大指战员发扬"不怕疲劳、不怕牺牲、连续作战"的精神，冒着酷暑骤雨，忍着饥饿干渴和蚊虫叮咬以及初到南方水土不服带来的疾病痛苦，日夜兼程，对逃跑之敌展开迂回、渗透、直插、堵截、侧击、包围和穷追猛打的奔袭战斗。

队伍到达当阳东北观音庙附近后短暂休息。

正在战士们纷纷晾晒衣物，在尚未来得及派出警戒分队侦察敌情的时候，宋希濂部第二军九师对我军发起突然袭击。

我军将士奋起迎击。

宋希濂在江北发现了解放军四野的主力部队，马上下令全线收缩，快速南逃。

自7月10日开始不到3天的时间里，敌军就逃回宜昌城及沿江渡口。

在敌人碰巧识破了四野布下的"口袋阵"后，十三兵团司令员程子华一边向林彪汇报，一边采取应变措施，将所率部队一分为二，变大口袋为小口袋。

针对敌情变化，四野作出了新的命令：

三十九、四十九军和独二师向荆州沙市挺进；三十八军从南面，独一师从东面，四十七军从北面追击敌人，包围宜昌城；三十八军渡江截断敌军南逃之路，四十七军阻击敌人南渡西逃，在宜昌城全歼宋希濂驻宜主力。

自 7 月 10 日开始，解放军像"赶猪进圈"一样，一边追，一边打，一边围，一场追击围城攻坚战在宜昌城的外围激烈地展开。

围歼鄂西残敌

四十七军挺进宜昌

1949 年 7 月初，四十七军官兵在鄂西山区的崇山峻岭、深涧低谷间快速行进，犹如一道闪电，直插长江沿岸重镇宜昌。

湖北宜昌为长江上游的军事重地，地理位置很重要。如果我军占领宜昌，那么国民党当地部队的补给就会被切断，可见攻占宜昌的必要性。

在宜昌市的东北，是连绵起伏的山地，有着天然的地理优势，远在抗日战争期间，国民党在这里构筑了永久性和半永久性的工事。

从 1948 年到 1949 年，国民党有大量的兵力把守在这里。防守宜昌的国民党队伍又在这些山地增修了一些工事，有些重要地带还设置了铁丝网等障碍物，是一个利于防守的坚固阵地。

早在 1949 年 5 月份，白崇禧曾经突然命第二军驻守长沙，一时间使得宜昌的防御就变得薄弱起来。这种变化让宋希濂感到很不安。在宋希濂的要求下，第二军又奉命返回了宜昌。

那个时候，离秋收还有两个月的时间，宋希濂的军粮供应出现困难。湖北宜昌专员公署就报告宋希濂说，他们发现了在当阳城附近存有积谷 10 多万石，远安的存粮也很多。

宋希濂为了缓解部队的粮食问题，重新命令正在返回途中的第二军在古老背附近渡江，而主力部队进驻湖北宜昌外围鸦雀岭一带。同时，宋希濂又派出大量兵力进驻当阳地区。

另外，宋希濂六十师以一个团的兵力据守湖北宜昌东北一线阵地，湖北保安第四旅进驻远安。

为掩护兵站机关抢运粮食，宋希濂做好了准备，而且这些部队还奉上级的命令，负责搜集荆门及襄樊方面解放军的情况。

正当敌人加强防御部署的时候，四十七军按照四野重新下达的作战命令，开始从北面追击敌人，进而包围了宜昌城，然后发动宜昌战役。

当时的湖北大雨不断，行军的道路变得异常艰难，而且宿营和吃饭也是个难题。但四十七军的官兵不畏艰险，很快就进抵当阳、远安地区。并有一部秘密潜入宜昌和当阳之间，以便在宜昌、远安间截断敌人在远安、当阳地区的退路。

解放军的突然出现，让敌人大为惊慌。宋希濂急忙命令自己的队伍迅速撤退。

宋希濂的部队在大路上拼命逃窜，而四十七军的官兵却抄近路从小道上急速追击。

由于连日来的大雨，使鄂西一带的山路变得泥泞不堪，山腰里常常弥漫着雾气，而山上的石头也会在不经

围歼鄂西残敌

意间滑落下来。

当时很多战士都泡烂了脚，有的战士还崴了脚，可他们却忍着脚痛继续赶路，没有一个人埋怨过。

军政治部主任杨中行长得很胖，走起路来不是很灵便。从松辽平原来到汉水之滨，他几乎都骑着马，可现在是在山上，骑马是不可能的事情。此刻在山路上，他走起来很艰难，走不了几步就得停下来休息一会儿，可他却坚持着赶路。

四十七军的一支队伍顺着沮漳河向前迈进。沮漳河在深山峡谷之间蜿蜒而过。赶路部队在一段不过几十公里的路上，就要从沮漳河中穿过 48 次之多，所以人们把这条路说成为"48 道弯"，其艰险程度可想而知。

战士们从这里经过的时候，大雨依然下个不停，沮漳河平常只是流着潺潺的溪水，而现在已经是汹涌澎湃的河面了。

河水已经漫过腰际，水流极快，一不小心就会有被冲走的危险。

由于水流速度太急，战士们纷纷把腿上的绑带解了下来，一根根地连起来，捆到会水的战士身上，然后游到河对岸，再把绑带系到对岸的树上，这样战士们就可以拉住绑带渡河了。虽然有绑带抓着，有的战士还是连人带枪被激流冲走了。

在这次征程中，战士们经历了无数的磨难，可是他们却不畏难不怕险，互相协助，互相鼓励。

咬咬牙，饿顿饭，一气走它一百三！

上刺刀，手榴弹，一举攻下镇境山！

解放军战士响亮的口号响彻山谷，在鄂西的上空久久地回荡着。

经过艰难的跋涉，四十七军的各支部队，分别于7月14日和15日到达指定地点，从东起土门坽、西至南津关的弧形线上，将湖北宜昌三面包围起来。

围歼鄂西残敌

攻克宜昌城

按照四野的作战部署，各作战部队奋力追击敌人。

在我解放军步步推进的情况下，宋希濂的军队望风逃窜，纷纷退到宜昌城内。

他们依靠镇镜山的防御工事，来阻击解放军的进攻。

四十七军很快就到达镇镜山地带。

在宜昌的镇镜山，一场激烈的战斗马上就要打响了。

镇镜山位于湖北宜昌西北部，高达1390米，是湖北宜昌外围制高点，成为宜昌城的屏障，更是敌人重兵把守的地方。

解放军只有攻克了镇镜山，才可以打开宜昌的大门，从而剿灭城内的敌人。

在这个险要的地带，敌人加大设防，构筑了永久性的钢筋水泥大型碉堡，碉堡周围又构筑小碉堡和暗堡，以堑壕互相连接，在堑壕的外面，又加修了一道又一道铁丝网。

有了这样一个坚固的防御工事，敌人似乎就可以和解放军抗衡了。为此，宋希濂命令自己的部队一面快速渡江，一面在镇镜山日夜不停地加固工事。

1948年7月15日傍晚，四十七军开始向镇镜山之敌发起进攻。

一场激烈的交战之后，官兵发现敌人的坚固的工事短时间内难以摧毁。

当时，很多战士都英勇牺牲了，有的连队甚至只剩下20多人了。

一三九师四一五团一连也出现了大量伤亡。这支队伍从松花江打到长江的两岸，可谓是杀敌无数。这次战斗，全连就剩下10多个人了。

然而，解放军不管敌人的碉堡有多么坚固，都决心要摧毁它。

当时一连战士还没有冲进敌人的阵地，在前进中就伤亡过半。

连长倪恩善看到这种情况就慌了，马上跑到师部那里请求支援，结果却被师长训斥了一顿，让他回去继续坚持到底。

倪恩善是一个多次立过战功的战斗英雄，在部队出发前，他就患了疟疾，但还是硬挺着赶上了队伍。在激烈的战斗中，虽然他一直在打哆嗦，却要坚持指挥战斗，战斗结束便昏倒在地。

一连二班长张连发有"小老虎"之称，他作战勇敢，敏捷而迅速。在这次战役中，他率领自己的尖刀班，冲在最前面，从左翼冲上镇镜山。战士们奋勇杀向敌人，甚至和敌人拼刺刀，拼到最后，全班就剩下他和一个受伤的战士。

一三九师作战科科长李洪杰，带领一支侦察分队先

围歼鄂西残敌

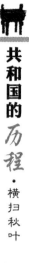

期到达湖北宜昌城外执行侦察任务，指挥并参加了摧毁敌人坚固工事的战斗。

经过浴血奋战，解放军终于攻克了镇镜山上的碉堡，挺进了镇境山。

李洪杰为了探查宜昌城里的情况，亲自跑步登上镇镜山，用望远镜进行观察。

经过一系列的调查和研究之后，李洪杰开始部署兵力，准备穿过镇镜山，快速进攻宜昌城。

经过一番调整后，解放军战士向镇镜山内部发起了新一轮的进攻。

敌人的防御工事被我军攻克后，纷纷逃到了镇镜山里面，依靠山洞作掩护，并在每个山洞里都配备了多挺轻重机枪。

镇镜山上长着高大的树木，很难辨清敌人的洞口在哪里，因为他们都隐蔽在茂密的树林之中，即便用望远镜也无济于事。

当时，解放军的阵地与山洞里的敌人被一条深沟阻断。解放军在进攻的时候，战士们必须沿着山坡下到沟底，然后再越过深沟去攻击敌人。

当解放军战士冲到半山腰的时候，镇镜山上的敌人在洞口里用机枪疯狂地扫射登山的解放军战士，勇敢的战士在敌人密集的火力下，依然奋勇冲杀。

尽管伤亡惨重，但解放军越战越勇，不摧毁敌人的阵地，就难解心头之恨。

一三九师作战科科长李洪杰在这种情况下变得异常冷静而坚定，他亲自指挥战斗，命令进攻部队加强对敌人的火力压制。

当时由于山路运输困难，解放军的山炮无法运到阵地上。于是，师部就调集所有的迫击炮集中向敌人阵地发起猛烈的攻击，同时调集轻重机枪向敌人的洞口射击，以此来掩护部队向前挺进。

在这次战役中，四一五团一营营长田老保、二营营长杨度生不管敌人的炮火有多么猛烈，他们都冲到队伍的最前面，带领战士们拼命往前冲。

二营五连的连长和指导员不幸牺牲了，在这种情况下，副指导员李建魁挺身而出，他和二排长宁保祥一起，带领队伍继续向前冲。

原先作为预备队的三营七连，也在连长杨树鹏的带领下，主动投入战斗。七连战士前赴后继，勇敢地向前推进……

7月15日以前，镇镜山上的战役还没有发起时，宋希濂就在常德获知解放军包围宜昌的消息，他马上坐车赶到津市换乘小火轮前往枝江，然后再换乘一艘军舰前往宜昌。

这个时候，枝江北岸的古老背一带，已经被解放军攻占。

宋希濂乘坐的军舰遭到了解放军的猛烈射击，但由于敌舰上的武器装备比较先进，最后还是让宋希濂侥幸

围歼鄂西残敌

逃脱了。

7月15日上午，宋希濂返回宜昌，他的副参谋长罗开甲立即向他汇报了各方面的战况：

向湖北宜昌东北既设阵地攻击的共军，因国军抵抗较敌方顽强，战况已比较缓和。

据守在南津关（在湖北宜昌上游三四公里）以北高地的六十师，自昨日下午起，受到相当强大的共军的猛烈攻击，该师奋勇抵抗，双方伤亡颇重，共军不断增兵向左翼迂回包围，若干山头均已被共军占领，现仅剩靠江边少数据点继续抵抗，如再失守，南津关被共军占领时，船舶则无法上驶。

自今晨拂晓，共军已在古老背附近渡江成功，在该处防守的第十五军，因兵力单薄，抵抗渐趋不支，如此处共军继续渡江扩大战果，势将绕到湖北宜昌南岸，严重威胁国军湖北宜昌部队的退路；另一路强有力的共军，于13日开始向江陵、沙市进攻，很快就截断了荆、沙之间的联络，据守在该地的第十五军两个团，除被歼灭的外，残部于昨日深夜撤回南岸。

共军分数处在沙市至郝穴间渡江，正向公安以西以南挺进，第十四兵团司令官钟彬已命原驻在石门、澧县的一二二军向大庸转进，命第十五军向石门、慈利以西地区转进，命七十九军及二九八师向渔洋关、五峰一带转进。十四兵团司令部已离开宜都，前往长阳，今后可能转往宣恩附近。本司令部非必要人员及公文行李等，已于今晨乘轮上驶，到三斗坪待命。

听完参谋的汇报后，宋希濂马上召集自己的部下商讨应对之策。宋希濂等人经过分析后，打算退出湖北宜昌。于是他下达命令：

第二军主力逐步向巴东、野三关一线转移，派一支部队到三斗坪及曹家畈以西一带山地，在那里构建防御工事，以此来掩护部队撤离。

一二四军六十师开始沿长江北岸快速向西后撤。如果情况有变，可以撤到长江的南岸。

敌人在宜昌准备了数百艘大小船只，打算往长江以南的鄂西山区逃窜，企图跳出解放军的包围圈。

宋希濂为了掩护自己的兵力渡过长江，他在镇镜山加强了防御，并调集了大量的兵力部署在那里，以此来阻击解放军挺进宜昌城。

宋希濂部署完之后，马上带着自己的家眷准备乘坐长江上游舰队的"永绥"舰离开宜昌。

因当时南津关以北一带高地多半已经被解放军攻占，

围歼鄂西残敌

而且解放军火力范围已能控制江面，所以舰队通过南津关的时候必然会遭到解放军火力的阻击。

为了保住自己的性命，宋希濂隐蔽在"永绥"舰的一间船舱里。

事情真的如他所料，当他的舰队通过南津关关口一带时，埋伏已久的解放军开始以强大的火力打击他的舰队，双方就这样展开了一场激烈的战斗。

这个时候正值长江的汛期，在南津关一带，水流的速度比较快，战斗的声音和汹涌的长江水交织在一起，形成一幅惊心动魄的画面。但是由于无法过江，所以敌人最后还是逃脱了，敌人舰队慌忙离开了南津关。

7月16日天还未亮的时候，解放军就剿灭了镇镜山的国民党军队，打开了湖北宜昌的大门，宜昌城内的敌人慌忙逃窜。

解放军随即进了宜昌。

重兵压境敌军内乱

解放军四野部队攻占湖北宜昌、沙市之后，宋希濂便率领自己的大部队乘坐大小船只，逃窜到巴东、五峰、慈利一带。

这个时候，国民党依然重用宋希濂，他和胡宗南一起，共同担负蒋介石"固守西南"的重任。

宋希濂弃宜昌驻巴东后，便把陈克非的二十兵团放在巴东、野三关之间扼守水陆两路险要。在江防上则配置赵援军的两个师，还在江北兴山、秭归、巴东之间，设立哨卡并构筑工事。

1949 年 8 月中旬，宋希濂又把他的司令部由巴东移到了鄂西的恩施，地点在一所中学里。

一时间，山城恩施瞬间增加了许多军政机构。

清江河东岸地区为边区绥署、干部学校、一一八军及其直属部队和第四补给分区，军政人员的家属也分别住在城区和市郊。粗略估计市区新增加 5000 人，加上国民党湖北省府的保安团队和边区绥署直属部队等，竟然达到了 3 万人。

"国防部"人事司司长阮祺这时也来恩施为宋希濂打气，说宋希濂是"党国的台柱"，希望他把西南大门看好。

围歼鄂西残敌

不久，按照宋希濂的命令，钟彬、陈克非两兵团司令官和各军、师长也都先后来到恩施地区。

和宋希濂来到恩施的还有第三兵团司令朱鼎卿，他曾经是湖北省主席，拥有一定的势力。

两个人在湖北虽然表面上很"团结"，就像一根绳子上的两个蚂蚱，但在背地里则是各搞一套，国民党在湖北的军队因此出现了内讧。

朱鼎卿到达这里后，企图扩充势力，并以湖北保安团队为基础，先后扩充成为两个军。"国防部"人事司司长阮祺离开恩施去重庆不久，马上宣布朱鼎卿为湖北省绥靖总司令。

这样一来，朱鼎卿认为宋希濂是绥署主任，他是绥靖总司令，两个人平起平坐，所以不再害怕宋希濂了。

朱鼎卿还在张振国的策划下，秘密拟设置恩、巴警备司令部，内定张振国为警备司令，打算牵制宋希濂的军事行动，以此增强自己的势力。

宋希濂早就发现朱鼎卿背地里处处和自己过不去，便和自己的高级顾问商筹对策，提出让——八军军长陈希平出任湖北省主席，并密电"国防部"和"行政院"，后以陈希平在湖北省人物中声望太低而不了了之。

后来，宋希濂又想以徐会之继任，因为徐会之与他同是黄埔一期的学生，又任过战区政治部主任，抗战胜利后还担任武汉特别市长多年，在湖北人事中有些分量。

宋希濂征求徐会之的同意后，马上电令徐会之任川湘鄂边区绥署中将副主任作为过渡，待徐会之到恩施后再任湖北省主席。

"国防部"很快就同意了宋希濂的决定。

徐会之在重庆一面准备到恩施上任，一面筹划省政府的人事安排，因而迟迟未行。

不久，恩施情况有变，宋、徐的阴谋泡汤，直到恩施解放，徐会之还在重庆徘徊。

后来，宋希濂听到朱鼎卿在秘密组织恩、巴警备司令部并内定张振国为警备司令的消息后，大为恼怒，说道："朱虽是湖北绥靖总司令，但毕竟只是一个省的'绥总'，而边区绥署则总揽三省军政实权，不言而喻白在一省之上。恩施虽是临时省会，但也是绥署驻地，省府不能撇开绥署而密拟设置恩、巴警备司令部。"

于是，宋希濂就找到一一八军军长陈希平，要他把边区绥署第五绥靖分区解散，然后尽快着手组织恩施警备司令部，宋希濂仍要陈希平兼警备司令，负责筹备一切，开办费用全部由绥署拨给。

恩施警备司令部的组成如下：

司令：一一八军军长陈希平（兼）；副司令：边区绥署高参陈康黎（兼）；参谋长：边区绥署高参魏尚武（兼）；办公室主任：一一八军参议王彬（兼）。另设置参谋组、副官组、政工组、军法组、经理室、军警督察组、警卫连，

附设宪兵区队。

恩施全城从此进入戒严时期，并实行宵禁。

在这期间，每日入夜 22 时，恩施全城马上路断人稀，各街道口岗哨林立，巡逻队到处乱窜，给百姓生活带来极大不便。

至于军政机关高级人员的公务往来等，则由警备司令部配发通行证。

宋希濂增设恩施警备司令部的主要企图是为了控制恩施地区民间武力，恩施民训工作做好了可以扩大到鄂西整个山区，警备司令部的区域也可随之逐渐扩展到巴东、建始、咸丰等县。

宋希濂、朱鼎卿到恩施后，各自力求在军政上扩大组织，虽然各不相谋，但在表面上还是虚与委蛇，以求协作，其做法是利用两集团中一些人事关系从中周旋。

如宋希濂的亲信教育长彭迈、绥署总务处处长王秉文、副处长范宗义、一一八军五十四师师长董惠、一二四军六十师师长易瑾等，朱鼎卿方面有恩施县长彭某、省银行副行长范遂如等。

这些人既有军校派系关系，又都是湖北人，所以两个的势力有一个短时期的协调合作。

宋希濂又另外派他的副参谋长罗开甲、一一八军军长陈希平每周到湖北省府召开军政座谈会，与朱怀冰、彭旷高（省民政厅长）、孙定超（绥总副总司令）等人纵谈时局。

　　一天，陈希平到警备司令部对大家说，共军西进宜昌后可能暂时会以守待攻。

　　宋希濂、朱鼎卿到恩施后，虽然敌人内部出现了内讧，但为了共同的利益，他们狼狈为奸，形成一个短时期的协调合作，继续打算和解放军进行对抗。

展开围歼行动

在我人民解放军多路围剿之下，敌人在鄂西做最后的挣扎，试图继续负隅顽抗。

1949 年秋的一天晚饭后，宋希濂在绥署院内草坪上召开了一个座谈会。

参会的有十四兵团司令官钟彬、绥署参谋长顾葆裕、副参谋长罗开甲、一一八军军长陈希平和副军长方墩、第四补给分区司令罗文山等，恩施警备司令部副司令陈康黎也参加了。

在这次会议上，宋希濂说他对宜昌、沙市的失守早已料到，所以早早做好了逃离的准备，因此，部队转移损失不大。

甚至说他放弃宜昌的目的，是为了集结兵力依险设营，诱敌深入。

接着，宋希濂要大家谈谈对时局的看法。

陈希平发表了他的看法：

鄂西山地毗连川湘、西接云贵，地势险要，是一个很好的反攻根据地，绥署应即召集各军、师参谋人员和各团团附等组织一个参谋旅行演习，实地熟悉鄂西山川形势，针对解放军将西进的路线，依据地形部署兵力。这些人员演习完毕后，即赋予实地训练部队的任务，这样才能长期应战。绥署兵力分散在这广阔的山地，只能作重点的防御，建始方面对巴东、野三关这一线应配置有力兵团扼守其间；来凤方面是湘西入川的孔道，咽喉之地，不可不预为防范。

钟彬很同意陈的说法，并认为各兵团初退入山地，须给以养精蓄锐和整训的时机。

顾葆裕也在会议上做了分析：

与共军作战必须在政治、经济上与军事密切配合，恩施警备司令部要搞好地方治安和民众组训，经济上除了设法开拓财源外，还应尽量筹集物资，做到自足自给，以便长期打算。

最后，宋希濂让罗开甲依据座谈情况拟订实施方案。会后，宋希濂于 8 月 9 日飞往重庆。

当晚，宋希濂拜见了西南军政长官张群，又在 10 日拜访了钱大钧与杨森，然后和胡宗南通了电话，约定 11 日在汉中见面，商讨和解放军对抗的策略。

11 日 15 时，宋希濂飞抵汉中，胡宗南亲到机场迎接。

11 日晚，从 20 时开始直到次日 2 时多，两人就当前

围歼鄂西残敌

局势和应对之策进行密谋。

和胡宗南商量了之后，宋希濂又回到了山城恩施。他经常去干校对受训学生讲话，向他们灌输反共思想。

1949 年 10 月中旬，宋希濂集团留在湘西的张绍勋一二二军和谢师在桑植、大庸一带被解放军全部剿灭，而且张绍勋被俘。

紧接着，湘西龙山瞿伯阶来电称，解放军在歼灭一二二军后，随即沿龙山进袭来凤，瞿伯阶无力抗击，已转入深山打游击去了。

这都是宋希濂根本没有想到的事情。

如果解放军攻占了来凤，那么他们逃往四川的退路就会被全部切断，虽然在鄂西恩施只有一一八军，但宋希濂也只好把一一八军抽调过来一部分，马上到来凤去支援瞿伯阶。

宋希濂送走一一八军没有几天，某天夜里，他又接了二十兵团陈克非的电报：

电文称：

解放军江汉军区李人林部由巴东绕道麻沙坪奇袭野三关后，迂回到兵团驻地高店子右后方的花草坪，有进窥建始和恩施之样。沿公路线龙潭坪、大茅田的一二四军顾葆裕部也被解放军阻截，情况不明。

宋希濂接到陈克非的电报后，心里十分忧虑，他一个人在房间里来回走着，唉声叹气。

"怎么办……怎么办……"

宋希濂不知所措。

他马上让副参谋长罗开甲赶快与陈克非通电话，了解那边的具体情况，然而电话一直都没有接通。

宋希濂一夜未眠，变得更加惶恐不安。

野三关失守的消息传到恩施后，全城一片恐慌。

一天晚上，警备司令部参谋长魏尚武来到司令部说，解放军部队马上就要到了，省府和绥总准备向利川方向撤退，军用物资和眷属必须在当晚撤离。

前线的情况越来越让宋希濂担心：建始、巴东的电话一直没人接，国民党一二四军顾葆裕部从龙潭坪、大茅田撤走后，两天没有与绥署取得联系。

宋希濂焦急万分……

宋希濂准备让顾葆裕的军队开到恩施接防，这样，绥署才好撤离湖北转移黔江，并要陈康黎将城防交顾葆裕接替，在未离开之前继续维持恩施治安。

正在宋希濂要离开恩施的头一天，"国防部"新派到边区绥署任参谋长的陈以忠，由重庆飞来湖北恩施。

陈以忠向宋希濂转达了蒋介石的命令，要宋希濂守住湖北恩施，万一不行也要在黔、彭一带依险设防，不能再退。

陈以忠与宋希濂见面后，看到绥署已做好撤退准备，

围歼鄂西残敌

共和国的 **历程** · 横扫秋叶

便感叹道："早知是这样，我大不该来了。"

而在这个时候，**解放军四野**的各路大军已经开始了围剿行动。

宋希濂的部队已似无笼缰的马，完全失去了控制，士兵们放羊似的直往下垮。乌江渡口乱哄哄一片，汽车抢着渡，军品物资抢着运，人也争着过，木船、汽艇根本无法开动，而且每船所规定的运载人数、物品大大超载，完全失去了控制。

至 11 月 8 日，**解放军**将宋希濂集团之第十四兵团 4 个师围歼于恩施以南、咸丰东北地区。尔后，乘胜前进，解放了川南广大地区。

此役，计歼国民党军 2 万余人。

二、 肃清土匪势力

● 李先念在湖北第一次党员代表会议上作《剿匪反霸是当前的中心任务》的报告, 对剿匪作重要的指示和部署。

● 根据土匪活动呈现出的新情况, 王树声立即召开会议进行商讨, 提出剿匪行动的方法与对策。

● 连指导员严肃地对梁老四说:"你过去欺压百姓, 现在又隐藏枪支勾结土匪, 你知罪吗?"

联合清剿土匪

1949 年 5 月 16 日，武汉获得了解放。根据中共中央和中央军委的决定，任命李先念为湖北省委书记、省政府主席、省军区司令员兼政治委员。李先念同志主要任务是管理政府的日常工作。

1949 年 8 月，李先念在湖北第一次党员代表会议上，作了《剿匪反霸是当前的中心任务》的报告，对剿匪作了重要的指示和部署。

1950 年 5 月 2 日，中南军区奉中央军委命于 4 月 29 日下发命令，45 岁的王树声被任命为湖北军区司令员，负责军区的工作。

鄂西战役之后，湖北就获得了解放，人民群众奔走相告，举行各种庆祝活动，紧接着，湖北成立了新政府，人民解放军也开始接管城市，建立军事分区。

王树声和李先念两位同志，就是在这样的背景下，在革命道路上携起手来了。

王树声同志原名王宏信，湖北麻城人。1926 年加入中国共产党，参与创建了麻城县第一支农民武装，1927 年参与领导麻城暴动和黄麻起义。1928 年后历任中国工农红军团长、副师长兼团长、师长、红四方面军副总指挥兼第三十一军军长、西路军副总指挥兼第九军军长等职。他英勇善战，战功显赫，为创建鄂豫皖、川陕革命根据地和红四方面军建立了不朽的功勋。

刚刚获得解放的湖北省，湖北军区有很多任务亟待完成，当时匪乱猖獗、百业待兴，地方又要建立基层组织，还要进行土地改革……

当时，虽然王树声的担子很重，但他的激情却很高。那时他的妻子正在难产，可王树声却义无反顾地把自己的主要精力放在了工作上，因为他知道自己肩负着重要的使命。

在 1949 年，王树声从大别山剿匪前线回到湖北武昌后，就在做好其他工作的同时，开展了轰轰烈烈的剿匪行动。

中央对湖北军区提出了明确的要求，要他们务必在短时间内清除匪患，维护社会的安定团结，使人民群众生命财产安全得到保障。

到了 1950 年 4 月，除鄂西匪乱猖獗外，其他地区的土匪基本上被剿灭，另有少数顽匪在省、县、区交界的偏僻地带活动。

由于鄂西处于湖北的边缘地带，是四省交界处，所以人员流动频繁，社会关系比较复杂。而且鄂西境内多山，地形复杂，其他省份的土匪常常会流窜到这里作案，弄得当地老百姓忧虑万分。

当时，鄂西的土匪主要有以下几股：

肃清土匪势力

盘踞在竹溪、保康地区的股匪主要有"川陕鄂游击纵队"柯愈珊部、新编湖北保安第十七旅温而理部；兴山、房县、巴东边缘地区有股匪湖北保安第十八旅夏俊卿部、"川鄂人民自卫军"宋大香部以及兴山匪首张华堂部；龙山、来凤、酉阳地区有"川湘人民反共救国军"瞿波平部。

为了把湖北的土匪势力清剿干净，1950年5月，王树声与湖北省委书记李先念商量后决定，在前期清剿的基础上开始联合清剿行动，主要目标是鄂西的土匪，其他地区的任务是清剿残匪。

在湖北军区的统一指挥下，一场剿匪行动马上就要开始了。战士们摩拳擦掌，下决心一定为湖北老百姓除掉这些无恶不作的家伙。

湖北打响剿匪战役

1950 年 5 月初，位于鄂西北九道梁地区的独立第一师第三团，在四川巫山友邻部队的协助下，在湖北的边缘地带进行剿匪，把窜于川鄂边境的"川鄂人民自卫军"击溃，然后，又迫使土匪总司令宋大香、参谋长吴顺旺、纵队司令宋彩凡、李殿成等投降，并解除了他们的武装。

根据湖北军区和王树声的指示，鄂西北地区的剿匪部队又先后向巫溪、兴山、巴东等地追捕土匪，迫使土匪"江北游击队"司令谭英甫、大队长贾澈贵投降。

鄂西北地区的剿匪部队还组织飞行小组，先后从四川、陕西等地捕回湖北保安第十八旅旅长夏俊卿、政治主任宋秉彝、团长何正元等多名重要匪首。

到 6 月份，鄂西北一带的主要匪首大部分被捕获。

为了清剿边缘地区的土匪，湖北恩施军分区把 6、7 月定为"剿匪突击月"，先后在鹤峰、来凤、利川、宣恩、咸丰等县边缘地区组成 9 个指挥部（所），以全部兵力投入剿匪行动。

为了加强鄂西南地区的剿匪斗争，军区将独立第一师第一团调至恩施军分区，与独立第八团组成南线剿匪部队，清剿对象是"川湘人民反共救国军"瞿波平部。

首先，第八十二团在龙山招头寨摧毁了瞿波平的指

肃清土匪势力

037

挥部，歼灭匪第四支队第一大队队长彭镇南以下 70 余人，然后又用一部兵力封锁重要路口，防止土匪聚集，用一部兵力反复清剿控制区的土匪，先后将匪第九纵队副司令覃介民和支队长张晓南捕获，击毙匪大队长姚绍茂，沉重打击了鄂西的土匪势力。

在同一时刻，八十二团又把利川、石硅（属四川）交界地区的土匪基本肃清。

土匪"鄂西南游击先遣第三支队"支队长在解放军打击下，率部 20 余人投降。

恩施军分区在两个月的时间里，共进行大小战斗 38 次，歼匪 2224 人，缴获各种轻重机枪 10 挺，长短枪 800 余支，取得了阶段性的胜利。

与此同时，沔阳军分区组成了 3 个联防会剿指挥部，在邻省军区的协助下，捕获边境土匪 130 多人。大冶、黄冈、荆州、孝感等军分区也先后组织边缘会剿指挥部，共剿灭土匪 800 多人。

在朝鲜战争爆发以后，大量国民党特务潜入内地，这些特务和土匪狼狈为奸，暗地里组织力量和解放军对抗，他们建立"地下军"，大肆进行破坏活动。在这种情况下，湖北境内的土匪再次活跃起来。

恩施军分区虽然沉重打击了土匪势力，但由于鄂西与川、湘两省相接壤，多山区，很难彻底清剿，所以土匪势力在小股范围内依然很猖獗。

在大别山的匪首周醒民曾被蒋介石任命为"华中剿

匪"总司令，现在他又先后搜集散匪组织了上百人的土匪势力。当地的"经门道"、"同善社"等反动会道门，也受到了国民党特务的迷惑、怂恿、拉拢和操纵，会员瞬间发展到2万人。

这些土匪主要活跃在边境地带、偏僻山区和区乡薄弱的区域，他们聚众闹事，严重威胁了群众的生命财产安全，破坏了良好的社会秩序。

除鄂西边缘地带匪乱比较猖獗外，其他地区的土匪多为小股袭扰，他们喜好夜间行动，人员又非常分散，用欺骗利诱和杀害等手段控制群众，有的还挑拨人民群众和解放军以及新政府的关系。

在解放军对他们进行围剿的时候，这些土匪便化装成普通老百姓混在村野里。

土匪实行"人枪分家"，让解放军很难分辨。在清剿力度放松时，潜伏的土匪又持枪进行骚乱活动，并寻找机会继续和解放军对抗。

土匪势力还组织反动会道门，散布谣言，蛊惑群众，甚至操纵并利用群众，向新生的人民政权挑衅，严重影响了社会的安定。

另外，封建地主土匪武装也逐渐特务化，极具破坏性和危害性。

根据剿匪形势的新变化，王树声要求剿匪部队实行工作队化，组织发动群众，进行清匪，不要给土匪任何喘息的机会，见到一股，就打掉一股。

肃清土匪势力

7月7日，湖北军区就剿匪行动作出如下部署：

恩施全部、宜昌西部、郧阳南部加强重点进剿和驻剿，两者结合进行，剿匪部队与工作队有机配合，求得基本消灭股匪，部分地区肃清散匪，克服单纯的"保境安民"观点，积极主动地消灭外省侵扰之匪。

在一般边缘区结合部，应加强工作队化，进一步发动群众，运用群众力量配合地方公安部门，在群众中广泛建立情报网、谍报组，做好打入匪特内部工作，加强飞行小组与工作队联系，提高飞行小组的机动灵活性，以便及时了解情况，予以捕捉和消灭，达到肃清散匪、残匪，捉尽匪首的目的。

中心区主要是结合公安武装，组织群众民兵，周密地调查潜伏匪特，捉尽大小匪首，收尽匪枪，巩固群众优势。

部署命令下达之后，剿匪部队又开始了新一轮的剿匪行动。

7月，恩施军分区部队虽给匪以沉重打击，但由于该区与川、湘两省毗连，地形复杂，边缘区会剿尚未组成，以致股匪仍能骑墙跳跃，乘隙流窜。

8月，该军分区调整了剿匪部署，并开展了"剿匪荣誉竞赛月"，确定以歼灭南线股匪为主，重新组织了巴东、建始、恩施指挥部和宜恩、鹤峰、龙山指挥部，以一部分兵力工作队化，组织内线清剿；以一部分兵力由点到面，内外结合，对土匪展开全面的围剿行动。

本月中旬，剿匪部队在土卯屋基地区，剿灭了瞿波平匪部第六纵队第二支队张让生以下70多人。

9月，剿匪部队又在龙山西南的安抚司、小坳地区反复搜剿土匪。解放军结合宽大政策展开行动，先后争取匪支队长向成先以下300余人投降。

到这里，湖北全省共剿匪8600多人，除鄂西南地区尚有"川湘鄂人民反共救国军"瞿波平、陈士等主要股匪4000多人外，湖北境内的土匪基本被消灭。

在剿匪部队的严厉打击下，各股土匪纷纷逃窜、隐蔽。

剿匪部队总结出土匪活动的新的变化：

一是土匪派人打入解放军、农会、村政权、民兵等组织内部，长期埋伏，替土匪密送情报，取得联系，等待时机，里应外合，拖枪逃跑，或煽动暴乱与组织叛乱；有的以金钱、美女收买革命队伍的腐化堕落分子，为其利用；有的利用解放军的军人家属，要夫索子或造谣生事，动摇军心。

二是基本上依靠边缘区、偏僻区和人民政

权工作薄弱的地方，此剿彼窜，骑墙跳跃，隐蔽活动，保存力量，发展势力。

三是采用精干武装，进行小型的、分散的、隐蔽的活动，采取"三组三人三地方"（分成情报收集、实施行动、转移三个组，每组三个人，分头活动）的活动方式，即使被发觉，也不易一网打尽。

四是控制人民群众，威胁与暗杀群众积极分子、爱国人士和基层干部。

五是利用封建迷信组织反动会道门，散布谣言，蛊惑群众，制造暴乱。

六是抢劫物资，破坏交通。

根据土匪活动呈现出的新情况，王树声立即召开会议进行商讨，提出了剿匪行动的方法与对策。

对策如下：

进一步深入工作队化，发动群众，组织民兵，军区基干武装与公安武装、民兵武装三者密切结合。

统一领导，整顿内部。

展开以隐蔽对隐蔽的斗争，加强政治攻势。

在每一个中心工作运动中，贯彻消灭少数股匪进入到肃清散匪与抉别潜藏匪特的任务，以此实现以高级的军事战、政治战与群众战，结合更高级捕捉破案的技术斗争的方针，从根本上肃清匪特及其再起的社会根源。

虽然敌人很狡猾，但解放军下定决心一定要和土匪斗争到底，不清剿干净，决不收兵。

剿匪行动依然在激烈的进行中。

消灭川鄂股匪

1949 年 12 月 18 日，恩施军分区独八团八连在三营王副营长率领下，奉命从利川小河出发，在小沙溪与利川县大队会合后，立即向刘庄如等土匪聚集的活龙坪奔袭。

匪首刘庄如是国民党的老牌特务，在军统干了 10 多年，当时任"国防部"保密局鄂西行动组组长，是个杀人不眨眼的刽子手。

鄂西解放以后，刘庄如与国民党咸丰县长石宗林勾结起来，搜罗了 200 多名匪徒，打出"鄂西人民反共救国军"的旗号，由刘庄如任"总司令"。他们在咸丰、利川一带委任"官吏"，征粮收税，甚至围攻区乡人民政府，劫杀区乡小分队和民兵，妄想在川鄂交界地区建立"青白区"。

"青白区"就是悬挂国民党政府"青天白日旗"的国民党统治区。

鄂西地区特殊的地理环境和落后的经济文化条件，使得这里早已成为强人草寇的啸聚繁衍之地。刘庄如股匪最为猖獗。

因此，恩施军分区决定，立即消灭他们！

可是，就在王副营长率队到活龙坪时，土匪已经跑了。一打听，有的说已经逃到来凤，又有的说逃到黑洞。这时，有群众反映说，原国民党乡长梁老四与刘庄如他们曾有勾结。

于是，八连马上对梁老四家进行搜查，结果搜出10多支枪。

梁老四自知问题严重，低着头不敢吭声。

连指导员严肃地对梁老四说："你过去欺压百姓，现在又隐藏枪支勾结土匪，你知罪吗？"

"我有罪，我有罪，求大军宽大。"梁老四吓得不住地点头。

"我们的政策是'首恶者必办，胁从者不问，立功者受奖'，'坦白从宽，抗拒从严'。只要你老老实实，协助我们剿匪，立功赎罪，当然可以宽大。但是，如果你要耍滑头……"

还没等指导员讲完，梁老四赶紧表态："我一定立功赎罪，协助大军。"

"好，我问你：刘庄如究竟逃到那里去了？"

"这个……这个……"

"唔？"指导员冷眼瞪着他，"不想说是吧？"

"不，不。我说，刘庄如他已经逃到二仙岩去了。"

这时，部队从群众口中也了解到，昨天还有土匪在去二仙岩路上的水坝宿营。

指战员们抓紧时间召开群众大会，张贴标语，进行一番剿匪宣传后，又匆匆赶路。

肃清土匪势力

19 日早晨，部队到达水坝。

街上乱纷纷的，群众讲：土匪昨晚在这里抢劫后，分两股跑了，一股由石宗林带 10 多人隐藏在附近；刘庄如带着 200 多人已经上了二仙岩。

王副营长迅速布置，部队继续追赶刘庄如。

他们翻越 5 公里的猴子灰高山，又急行军 40 多公里，黄昏时赶到了二仙岩附近。

这里是老苏区，老乡们见到久别的亲人，纷纷问长问短。

有群众报告情况说：“刚才有 40 多个背着短枪的土匪，往岩下张家街去了。”

根据这个情况，王副营长当即决定三连打张家街，八连从侧面迂回到岩上，并抽出 1 个排从岩上朝下堵击，不让一个土匪跑掉。

二仙岩耸立在万山丛中，纵横 30 多公里，只有 10 户人家。从山下通往山顶只有一条壁陡的山路，其中一段还要爬二十来米高的梯子，地势极为险要。

八连勇士们从出发算起已经赶了 70 多公里路，很多战士鞋走破了，打着赤脚。现在，他们踏着没脚背的积雪，穿过深深的茅草，又一口气爬上坡长 5 公里的高山，悄悄摸进匪徒们住的郭家湾。

“不许动！缴枪不杀！”

匪徒们做梦也没有想到解放军从天而降，慌忙丢下从老百姓家里抢来的衣服、被子，往茅草中乱窜，结果还是逃不脱被俘的命运，当场有 31 个匪徒被捉。

这时，岩下也打了胜仗，并俘获了股匪总司令刘庄如。可是后来，狡猾的刘庄如乘隙逃脱。

部队趁热打铁，马上派人送信给石宗林，命令他赶快投降。

石宗林见无路可逃，没两天就乖乖地举起了双手。

此仗共消灭匪徒 200 多人，缴获轻机枪、步枪、短枪共计 120 多支，鼓舞了鄂西剿匪部队的士气，给鄂西顽匪们以沉重的打击。

肃清土匪势力

降服保康匪首

1949 年 10 月中旬，襄阳军分区司令员兼政委张廷发命令刚由八十五团、八十九团整编而成的独立第七团进驻保康剿匪。

保康县位于鄂西北，荆山山脉自西向东横贯其中，有"襄宜咽喉"、"川东门户"之称。襄樊战役之后，国民党鄂北行署主任李朗星及邻县的反动头目都逃到这里，与保康土匪顽敌相勾结，企图凭借大山重整旗鼓，打乱解放军入川作战的战略部署。

要解放保康全境，肃清鄂西北顽匪，必须解决保康县九路寨这只拦路虎。

所谓九路寨，因山下有 9 条路通向山寨而得名。

九路寨位于保康县西南部的保（康）宜（昌）兴（山）交界处，海拔 1700 余米，方圆 15 平方公里，形似葫芦，四周多为悬崖峭壁，地势十分险要。这个山寨几百年来一直是"国中之国"，从来没有外地武装打进来过。

孙秀章在 30 年前收容土匪霸占山寨后，苦心经营，增修各项设施，现在构成了严密的防御体系。由于孙秀章不但长期抗捐抗税，还要在周围抽丁抽税，使国民党政府难堪，因而国民党曾多次派军队前来进剿，但都没有成功。孙秀章因此更加不可一世，他干脆自称"九千岁"，在寨前竖立一块"九路国"的石碑。

孙秀章自以为已固若金汤、万无一失，故四处扬言："国民党军队那么好的装备都攻不上我的山寨，更何况你缺枪少弹的土八路，要送死只管来！"摆出一副与解放军一决高低的架势。

周围的其他匪首也都附和说："共产党要是能攻下九路寨，我们就自动缴械投降。"

为了防止解放军上山围剿，孙秀章切断了其中的7条路，只留下易守难攻的两条小路。进攻九路寨，不能不选这两条路线为主攻路线。孙匪除了布置自己豢养的匪徒外，还向匪首阎世隆借来部分兵力以加强警戒。

为了不打无把握之仗，王清率排以上干部亲临山寨周围进行实地勘察，制订了周密的作战计划，决定采取偷袭与强攻相结合的战术，消灭孙秀章土匪。

11月的一个中午，部队分4路纵队冒着滂沱大雨，踏着泥泞的道路，在马良、歇马、店还、百峰等地民兵的参与配合下，日夜兼程60公里，于次日拂晓前抵达预定地点，在走马岭对面的"马场"上架起了重机枪和八二迫击炮。

副营长徐鹏率三连从走马岭东南角迅速向山顶运动，被匪暗哨发现，孙秀章立即命令土匪封锁道路，砍断系着滚木礌石的藤索。

顿时，两米多长的滚木和水桶大的礌石呼啸而下，

直向三连砸来。

"利用地形，紧贴山崖。"徐鹏副营长赶紧呼喊。

指战员们沉着应战，一次又一次地避过了危险。

在此紧急关头，王清指挥"马场"的10多门八二迫击炮一齐轰击，很快摧毁了敌人的暗堡。

三连趁机发动攻势，扑向敌前沿阵地；二连在营长黄玉发、教导员许金兰带领下，从走马岭另一侧发动攻击，与三连密切协同；一连连长杨永太，指导员郭怀兰则带领本连，以孙匪根本想不到、根本没有路的茅家沟另辟蹊径，采取搭人梯、抛绳摆渡的办法，抓住从错落叠压的石壁夹缝中伸出的孤松、古藤，攀悬崖，越峭壁，直捣土匪指挥部。

就在这时，三连一排排长李海林、副排长丁宗德和二排战士姜德从、李怀德一起登上了匪炮楼，把红旗插上九路寨。

占领匪前沿阵地后，指挥部向军分区发了电报，军分区立即复电鼓励："王赵并转全体指战员：悉你们攻占九路寨前沿阵地的胜利消息，给予全体指战员记特等功一次，望再接再厉，发扬连续作战精神，力争全歼敌匪。"

军分区首长的鼓励，更加激起指战员们的杀敌豪情。他们乘势猛攻，直插孙秀章住地老鳖窝。

孙秀章企图率部从南岩突围，被堵截后，只得化整为零，分散隐蔽。

剿匪部队随即展开全面搜捕，从山洞里搜出李宗洋及其小老婆，俘获了100多名残匪和大批武器弹药。

老奸巨猾的孙秀章却带着家眷、武器、烟土和6名心腹，化装后由老湾岩摸下了山寨，并逃到兴山龙口河。最后，在走投无路的情况下向兴山县人民政府缴械投降。

九路寨战斗的胜利，对全县震动极大。

剿匪部队南北集团继而采取"围三阙一，网开一面，虚留生路，暗设口袋"的战术，奔袭石坪、莫家还，接连捣毁匪据点。

在强大的军事压力和政治攻势下，保康境内尚存实力的匪十七旅三团团长刘善初和三团副团长阎世隆两股残匪，以及匪十七旅旅长兼保康县伪县长温而理等，也都于1950年1月中旬举起白旗投降。

肃清土匪势力

王树声指导剿匪工作

1949 年 7 月，任湖北军区副司令员的王树声，这时又被任命兼任鄂豫皖边剿匪指挥部司令员和政治委员。在组织领导湖北军区剿灭土匪的过程中，王树声作出了重要的贡献，也付出了大量的心血。

1950 年下半年，剿匪部队在思想上出现了一些错误的认识。主要表现在：

过高估计剿匪肃特成绩，对匪特的新变化、阴谋诡计、社会基础估计不足。

对群众迫切要求剿匪反霸的热忱了解不够。

满足于过去的剿匪清匪与肃特的经验，对匪特的新情况和上级指示了解与研究不够。

某些干部提出要下山，想收兵。

对匪特情况变化多以及形势发展快，感到"没办法"，产生"怕麻烦"的思想，对是否能够彻底肃清匪特信心不大。

针对以上情况，王树声开展了思想教育工作，打算消除剿匪部队的错误认识，并要求加强剿匪行动中的思想领导工作。

王树声这样对大家说：

没有很好的思想领导，就不会产生很好的实际行动。所以，我们部队要充分认识新的匪特情况及其活动特点，认识匪特的活动已从军事斗争为主转为政治斗争为主，已从公开的斗争为主转为隐蔽的斗争为主。

虽然残存土匪已接近肃清阶段，但斗争并不缓和，反而进入更加复杂、紧张、尖锐与深入的新阶段。

新阶段的剿匪行动斗争是更复杂的阶级斗争，也是我们准备进行土地改革而敌人要破坏土地改革的斗争。

王树声要求部队对此必须要有充分的认识，要求剿匪部队坚定胜利的信心，克服轻敌麻痹思想及一成不变的作战方法。

王树声针对一些地方出现两个工作中心，即地方强调以地方工作为主，部队强调以清匪工作为中心的问题，他向湖北省委建议成立各级"剿匪行动委员会"，统一指挥全省的剿匪战斗。

王树声这样告诫大家：

加强清匪肃特中的一元化领导，是很好执行新的清匪肃特方针与任务的关键。清匪肃特越进入复杂、尖锐的新阶段，斗争就越全面，

肃清土匪势力

一元化领导就越加重要。如果我们不加强一元化领导，各搞一套，互不帮助，显得无力，敌人就有空子可钻。

王树声强调：

在地方各级党委统一领导下，军队方面在各种工作上要贯彻清匪肃特为主，地方农村工作、公安工作、民兵工作均应强调清匪肃特内容。在各地党委统一领导下，专门负责清匪肃特的部门应取得密切联系、协同动作。

遵照王树声的指示精神，湖北省委和湖北军区于9月12日联合发出加强剿匪行动工作的重要指示，决定在省、区、县、乡各级成立"剿匪行动委员会"。

这些委员会以党委为领导核心，由军队指挥机关和地方的保卫机关、民兵机关、地方党委调查研究机关、公安机关等主要负责人组成，对当地剿匪行动工作实行一元化领导。

王树声任"剿匪行动委员会"主任，负责抓总。

由于在省、县边缘地带很难进行管理，土匪活动猖獗，很容易造成"三不管"的局面。

鉴于这种情况，王树声组织成立了各级清匪工作委员会，作为统一指挥机构。

王树声要求这些地区在清匪工作委员会统一领导下，实行县、区之间的联防，制定了协作制度。

所有军分区之间、县与县之间，要有很周密的布置，统一指挥，让公安部门也加入剿匪行动，有重点有对象地组织会剿、清剿。

为搞好与外省的联合会剿，边缘地区应主动与邻省区密切合作，越界清剿匪特，主动给兄弟省份提供情报，或向邻省区交换情报，以求协作剿匪。

针对散、潜匪采取隐蔽、分散活动的情况，王树声特别强调加强对隐蔽土匪的清剿。

为此，王树声就具体的实施办法作了如下的部署和安排：

一是利用降俘匪特，经过教育，打入匪特内部，给予他们任务，让其立功赎罪。

二是利用匪特家属及与匪特有关的人员瓦解匪特。

三是建立广泛的情报网，做到村村都有情报点，每村至少找10个可靠的农会会员或青年团员作为情报员，或利用可靠的复员人员，建立关系，给予任务，并利用妇女做匪特及其家属的工作。

并在新区与边缘区，发动全体干部通过亲朋好友等各种社会关系建立情报关系，交由公

肃清土匪势力

055

安部门和工作队或飞行组领导使用。对已建立群众优势之地区，给予积极分子以简单的任务，在农会中建立密报箱，对密报要详细研究，不受欺骗。

四是训练可靠的民兵与农会会员打入匪特内部。

五是在工作队中要建立情报小组与侦察小组，根据需要，化装成各种身份，做好侦察工作。

六是加强部队与群众的剿匪协作，提高部队与群众的警惕性与识别特务的能力，加强内部审查工作，寻找内部奸细。

王树声时刻关注着前线剿匪的情况，对行动中出现的偏差及时给予纠正。

他教育剿匪部队不要因为土匪狡猾多变，或是剿匪成绩不太理想就心浮气躁。

不能随便运用反侦察手段，没有足够的证据就不要随便抓人，抓人的时候地方上要经县委批准，军队要经县大队或团一级批准。

除土匪外，剿匪部队不能随便捕人，捕人权归公安机关所有，如果需要捕人的话，必须经过公安机关的同意才可以行动。

在剿匪行动中，王树声强调采取工作组、公安组、飞行便衣战斗组与民兵相结合的组织形式与斗争方法。因为匪特多在边境地带潜伏与活动，派大部队清剿是起不到作用的。

为了有效地剿灭土匪，王树声要求部队应多组织小型精干的工作组、公安组、飞行便衣战斗组与民兵相结合，通过工作组调动群众的积极性，到老百姓那里去了解土匪的情况，找受害群众、找土匪家属、密报检举。

王树声对这些小型精干的组织进行工作划分。

以公安组进行侦察破案等技术工作。

以飞行小组化装成各种社会身份，寻找土匪的踪迹，打入土匪的内部，利用当地民兵人熟地熟的特点，由他们带路追剿土匪。

遵照王树声的指示精神，湖北恩施军分区调集11个营的兵力，配合相邻省份的部队，在10月份共和土匪作战17次，剿灭土匪700多人。

黄冈、孝感军分区则以劝说土匪投降为主，军事作战为辅，剿灭了"鄂豫皖剿总"第二支队副团长张玉华、新生土匪王秀清等。

10月，黄冈、孝感军分区共剿灭土匪888人，缴获小炮、重机枪、轻机枪、各种枪支、子弹、炮弹、炸弹，以及其他一大批军用物资。

11月，在我军民的联合清剿下，湖北境内的土匪和特务，在边缘地区还有小股活动，而在湖北省境内的大量土匪都隐蔽起来了。

肃清土匪势力

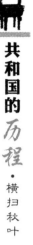

虽然这些土匪的数量不是很多，但他们却分散在各个角落里，那些未落网的土匪骨干分子，带来的隐患更大，剿匪工作仍不能掉以轻心。

这个时候，在湖北境内还发现封建反动会道门及"地下军"组织400多个。

在这些反动分子策划下，各地暴乱、抢粮、暗杀、纵火、投毒等案件不断发生，严重威胁了广大人民群众的生命和财产安全，也对我新生的人民政权构成威胁。

剿匪部队和地方政府组成了数千人的工作队，分散各地去清剿这些反动势力。

11月份，湖北恩施军分区共消灭土匪1200人，黄冈军分区摧毁了"反共救国军铁血青年团"。

沔阳军分区破获"武装反共游击队"、"龙虎风云会"等组织。

宜昌军分区捕获中统特务少将处长徐亚东、湖北绥靖师少将处长柯柱等匪首16人。

12月，孝感军分区破获"豫鄂皖赣人民反共救国军"八师、五师及"反共自治委员会"，俘第五师、第八师师长马玉峰、祝幼民等60多人。

从11月到12月两个月的时间里，全省共剿匪2600多人。

1951年1月，为了增强剿匪的力量，湖北军区开始招纳新兵员，并对新兵员进行集中整训、进行思想教育。

看到解放军部队开始整顿军队，一些土匪、特务、恶霸和反动地主又趁机作乱，于是，某些地区潜伏已久的土匪开始了破坏活动。

对于出现的新情况，王树声在 1951 年 1 月 31 日、2 月 2 日，又对剿匪行动工作提出了新的要求。

王树声让各级干部务必提高警惕，消除自我满足的情绪，在思想上要紧张起来。

另外，王树声要求领导干部不能因为其他工作繁重而把剿匪的工作丢在一边。

为了加强清匪、治安等工作，1951 年 4 月，王树声、李先念作出组成专职清匪便衣工作队的决定。

在随后的很短时间内，湖北军区成立了近 800 人的专职便衣工作队。

王树声高度重视专职便衣工作队的组织工作，并要求工作成员要做到以下几点：

> 消灭有形的股匪。
>
> 远道捕捉潜匪和外区的知名匪首。
>
> 搜剿本区潜散匪首匪众。
>
> 镇压匪特及反动会道门的暴乱与骚动。
>
> 协助公安机关侦察破案，破获匪特"地下军"组织与特务组织等。
>
> 协助公安机关严厉镇压反革命活动，巩固乡村人民民主专政。
>
> 经常注意调查收集匪、特、霸的活动情况

肃清土匪势力

与社会情况。

在当地党委领导下，深入农村，参加群众运动，进行反霸、减租、土改、生产、救灾等工作。

如发现新起股匪与大的暴乱时，在当地部队积极支援下，予以捕歼之。

为了加强清匪便衣工作队内部的政治工作，王树声督促各级领导对工作队进行整顿，以轮训方法检查与总结工作，施以政治、政策、纪律与技术教育，以提高政治觉悟、政策水平与斗争技术。

同时，加强清匪便衣工作队公安化，结合公安部门和民兵武装，三位一体地做好清匪工作。

为了彻底肃清土匪势力，专职清匪便衣工作队北到哈尔滨、山西、陕西、河南等地，南到中越边境之睦南关（今友谊关）、湖南、江西等地，东到上海、浙江、安徽等地，西到成都、重庆、万县等地去追剿潜逃的土匪。

清匪便衣工作队在全国各地捕获匪首共257人。

除外省捕捉逃匪外，分布在各地的便衣队还破获"地下军"及封建会道门组织100多起。

为了尽快剿灭边境地区的土匪和特务，1951年5月7日，王树声与李先念联合发出了命令。

命令如下：

以京山、钟祥、洪山、随县、应城 5 个县组成洪山清匪指挥部。

蒲圻、崇阳、嘉鱼边结合部组成蒲崇嘉清匪指挥部。

荆门、南漳、远安组成荆南远清匪指挥部。

随北、应（山）北、礼（山）北组成随北清匪指挥部。

命令下达后，黄冈军分区为配合皖西军分区的进剿任务，以毛岭区及桐山、五儿山为中心建立了英（山）罗（田）麻（城）与蕲（春）黄（梅）广（济）两个清匪集团。

各剿匪联合指挥部建立后，采取快速捕捉、侦察破案、发动群众搜山围剿等有效手段，先后捕捉了熊启民、陈正安、廖异华等土匪首领。

至此，基本上剿灭了黄冈边缘区的土匪，维护了这些地区的社会治安。

从 1949 年 6 月到 1952 年 12 月，由于王树声、李先念及各级党委重视对清匪工作的领导，全区普遍建立了清匪治安委员会与清匪便衣工作队，因而在剔除潜匪、侦捕逃匪、搜剿边缘区股匪及协助公安部门侦查破案等方面，均取得了显著成绩。

在王树声的直接领导下，湖北军区共剿匪 6.4 万人，基本上肃清了湖北境内的土匪势力，大量潜逃在外的土

肃清土匪势力

匪也被抓了回来。从此，湖北人民过上了安居乐业的生活。

王树声在组织领导湖北军区清匪肃特过程中，付出了大量的心血，为彻底剿灭湖北匪特，建设新湖北建立了不朽的功勋。

三、 打击暴乱匪徒

- 张东民和敌人展开了激烈的搏斗，但土匪人数众多，寡不敌众，最后壮烈牺牲在竹林中。

- 刘美树走在桥中，张官波走出桥头，肖真轩就带领3名土匪在附近向他们猛烈射击，他们身中数弹。

- 湖北宜昌地委、宜昌军分区领导在宜昌民乐戏院主持召开军人动员誓师大会。

新生政权面临考验

1949 年 11 月，宜昌五峰县获得解放，可是这里的匪乱依然很猖獗。

藏匿在采花区一带的国民党残余势力，纠集湘鄂边界近 10 个县的土匪恶霸，组织"反共救国军"，蛊惑不明真相的人民群众，制造了一起震惊鄂西的反革命土匪大暴乱。

采花山区位于鄂西的五峰县境内，该山区与鹤峰接壤，又与巴东、长阳和湖南石门为邻。

五峰县虽然解放了，但由于这里人烟稀少，地理条件复杂，成为众多土匪出没的地方，匪乱形势依然严峻。

解放后，五峰县城设在渔洋关，那里地势险要，对外通信不是很方便，新生人民政权在这场土匪大暴乱中，受到了严峻的威胁和考验。

1949 年 10 月份，五峰县相继建立渔洋关、升子坪、长乐坪、城关 4 个区政府。

当年 12 月，采花建立区政府，即第五区，刘美树担任区委书记。

由于全国迅速解放，干部奇缺，五峰山区干部更少，采花区调配新吸收的干部仅 3 人，配备的野战部队也只有一个班。

当时，采花区所辖的面积很广，包括牛庄、湾潭和白溢一部分，区政府设在前坪。

离区政府100多米是地主胡宇洲的山庄，他家附近有其父胡元卿在当民团头子时修建的一座两层结构山寨碉堡。

此时碉堡早已成为解放军保卫人民政权的营房。

1950年1月，采花区调来一个排的解放军兵力，编为区中队，驻守在这个营房里，中队长是蔡康，指导员为王海卿。还抽出一个班，驻守与巴东县交界的牛庄。

早在1949年5月，穷途末路的国民党就委派绥靖公署副司令袁良甫在五峰建立"反共"基地，组建所谓鄂西"反共救国军"第三纵队，下设4个支队。

袁良甫是一个极其反动的人。当时，解放军四野部队在发动鄂西战役的时候，据守五峰县城的国民党七十九军遭到了四野部队的沉重打击，残部慌忙逃窜，袁良甫随军西撤至宣恩沙道沟。

但袁良甫却一个人逃到了五峰县，以采花山区为基地，招兵买马，密谋叛乱。

袁良甫召集钱福堂等土匪，秘密组织了"反共救国军特别纵队"，任命原国民党五峰县长骆存之为纵队司令，委任土匪钱福堂、苏仁甫、宫云、陈升之为一、二、三、四支队长，钱福堂、胡显卿和王务之分别为纵队司令、副司令和参谋长。

这伙土匪秘密组织以五峰西部的湾潭、采花高寒山

区为潜伏活动区域。

袁良甫为了让这些反动势力尽快组织起来，他亲自到采花等地蛊惑匪首们。

当时袁良甫就住在钱福堂家里，他们打算纠集采花地区的反动势力，利用复杂的地理条件，继续和解放军对抗。

袁良甫对匪首们说："共产党没什么可怕的，湖北还是国民党的！采花山高险峻，共军进得来，出不去！共军不会爬山上岭，不吃苞谷饭，来了也搞不长！"

袁良甫的话是想阻止旧职人员和群众接近解放军的部队。

由于五峰县是和平解放的，所以县里的反动残余势力私藏了大量枪支弹药。

采花地区更为复杂，区政府只收到一些没用的旧枪和用水煮过的子弹，匪首们并没有真心要投降，而是各怀鬼胎。

采花地区的土匪主要有两股。

一股是以原民族乡乡长钱福堂为首的地方恶霸和封建势力。这股土匪势力拥有一批自己的武装，欺压当地百姓。在解放前，袁良甫任命钱福堂为鄂西"反共救国军第一纵队"司令。

另一股以恶霸地主王务之为首，也拥有一定的兵力，同样长期欺压当地百姓。

1947 年至 1948 年，王务之曾投靠湘鄂西瞿伯陔匪部，在那里任支队队长，加入了国民党的队伍。他被国民党派到松滋、宜都一带驻守长江江防，在那里，他的武装力量得到了补充。

在解放军准备渡江的时候，瞿部害怕被歼，率部队去了湖南龙山，而王务之则带领自己的部队回到采花，成了采花地区的一大土匪。

这两股土匪势力有惯匪 300 多人，都有现代化的武器装备，还可以临时调集团练乡勇上千人。

虽然两股土匪势力存在着严重的利益分歧，但在反共反人民的道路上却狼狈为奸，在袁良甫的蛊惑和策动下，两个丧心病狂的家伙走到了一起。

他们多次到牛庄、大龙坪等地召开"反共救国"和各保长秘密会议，以"减租减息不合理"、"政府禁止种鸦片就没有饭吃"等理由，煽动群众抗征公粮，抗缴税收，伺机发动反革命暴乱。

1950 年 3 月初，五峰县委、县政府通知采花原乡、保、甲长赶到渔洋关集训。

王务之等人在集训时，表面上说欢迎解放军，带头交枪，背地里却串通起来煽动大家说："五峰西边高山野岭，是种大烟换苞谷吃的地方，政府不准种烟（鸦片），就是不给我们活路！现在减租减息，接着就要共产共妻砍脑壳。"

集训结束回到采花区后，采花、湾潭、白溢的顽固分子相互串联，活动加剧。

混入征粮专班的土匪胡宇洲，被袁良甫任命为绥靖公署少校参谋后，开始到处散布谣言，蛊惑人心，甚至传递假情报。

他白天在区政府假装做事情，可到了夜里就四处造谣说："共产党的军队都是光棍，来到了这里，他们就要共产共妻！"

不少群众信以为真，匆忙给女儿办婚事，有的女孩11岁多一点就送去了婆家。

为了欺骗解放军，狡猾的袁良甫指使钱福堂、王务之等向共产党政府假意投诚，将煮过的子弹和烂枪支上交政府，背地里却把大量的枪支弹药都藏了起来。

与此同时，湖南石门县的向应东，鹤峰县的王协堂，五峰西部山区的桂孔道、肖文卿、王定安等30多个土匪头目，在地龙坪、牛庄和长阳鸳鸯池等地10多次密谋策划，准备发动土匪暴乱。

1950年2月底，钱福堂、王务之等匪首遵照袁良甫的"秘密联络，分头组织、伺机起事"的指示，密谋发动暴乱。

为了安全起见，在3月中旬，袁良甫称病潜逃松滋方向。

袁良甫见时机已经成熟，一场暴乱马上就要开始。

为了制造暴乱前的混乱局面，暴乱分子以不法地主恶霸、流氓地痞和土匪团丁为骨干，同时蛊惑不明真相群众参加，提出了"反交枪、反收鸦片、反征粮征税"

等口号。

后来，土匪公开张贴反动标语，打冷枪，到处暗杀共产党基层干部和爱国人士，刚刚稳定的局面又开始混乱起来，弄得人心惶惶。

对于土匪的活动，当时并没有引起解放军部队的高度重视。

这个时候，土匪已经开始行动了。

打击暴乱匪徒

军民抗击匪徒暴乱

1950 年 4 月 6 日，在采花地区，钱福堂、王务之等土匪势力觉得时机已经成熟，开始分头调集匪徒，和外地土匪进行联络，请求支援采花地区的"反共义举"。

那个时候，解放军和新政府正忙于整训工作。

在 3 月底，五峰县大队和军分区驻五峰机动三营奉命集中到渔洋关整编，各区中队也轮流到渔洋关整训。

五峰县西仅剩下城关区中队、采花区中队和暂驻湾潭的县公安中队留守应急，三地相隔百里，呈掎角之势，交通条件不是很便利，仅城关与采花之间有电话联络，这三个地方的解放军兵力还不到一个排。

情况最危险的是采花区中队，采花区的实际兵力不足两个班，很难去应付大面积的土匪势力。

后来土匪获得了解放军这些情报，他们在 4 月 6 日就展开了全面的行动。

王务之首先带领陈美大、周博安等 20 多名匪众，在万家岭黄家伏击解放军前往牛庄的区中队长蔡康等 3 人。土匪用极其残忍的手段打死解放军战士，绑架税务干部，抢劫枪支。

土匪酷刑拷打蔡康，蔡康宁死不屈，后来死在敌人的乱刀之下，献出了自己宝贵的生命。

王务之杀害蔡康等人以后，在当晚把在陶家垭工作的张东民等4名税务干部包围。

张东民和敌人展开了激烈的搏斗，但土匪人数众多，寡不敌众，最后壮烈牺牲在竹林中。

那天深夜里，土匪切断城关至采花电话线，两地交通要道火烧岭受到了敌人严密的包围。

4月7日，天还没有亮的时候，"反共救国军"分队长、保长肖真轩和胡宇洲带领一支土匪队伍，前后夹击采花区政府，一路从后荒界下到区政府后山，另一路由严家河往上到区政府前面，双方以枪声为信号，然后群起而上。

后山是下坡来得快，一到就开了枪，火力很猛。

听到枪声后，另一路土匪以为后山的队伍和解放军已经交火了，两路土匪就一起开始猛烈射击。

土匪一直打到天亮才停止，却发现他们是自己在打自己，还死了不少的土匪。

后来，两支土匪队伍一起向采花区政府发起了正面的攻击。

危急时刻，区委书记刘美树立即部署中队以驻守的碉堡为主要阵地，猛烈还击，和敌人展开了激烈的对抗。同时，组织驻区政府全体工作人员在驻地周围和土匪打游击。

天亮以后，土匪在解放军反击下，找不到藏身的地方，开始撤退。

打击暴乱匪徒

刘美树与战友们商议，现在敌强我弱，难以长时间抵抗，于是，命令中队指导员王海卿带人冲出敌人的包围，向城关区委书记邢克山请求支援。

但没有想到的是，五峰县指挥部机动三营集中到渔洋关整编，准备抽调部队开赴朝鲜战场，所以县里兵力更加不足。

对于这种情况，匪首王务之、钱福堂事先早就知道了。他们认为解放军主力北上，县区防守薄弱，这正是他们发动土匪暴乱的最佳时机，就开始加紧串联地主、富农、土匪恶霸、流氓地痞及社会渣滓，和他们联合在一起，公然挑衅政府和解放军部队。

另外，在边界地区的匪首向应东、王协堂、肖文卿、桂孔道、王安定、吴伦山等人，组织 500 多人的匪徒，里应外合，进行暴乱，使得土匪活动变得更加猖狂，暴乱情势极度恶化凶险。

在 4 月 6 日晚，另一路土匪队伍以涂嗣云为首，率领 60 多名土匪，以抬棺送葬为名，暗中勾结区中队一班驻地附近的部分村民，暗中偷袭解放军战士。

由于土匪数量过多，他们把区中队的驻地团团包围。

经过激烈的交战，班长蔡祥银英勇牺牲，两名战士被抓，被敌人抢去部分枪支弹药。

另外有一些战士最后终于冲出了敌人的包围圈，撤回区政府。

混在解放军内部的土匪头目胡宇洲，在 7 日和肖真轩在偷袭采花区政府未能得逞后，又在 16 时许，跑回采花区里向刘美树谎称说："长茂司保长鄢厚然反了，我亲眼看到鄢手持步枪，撕共产党张贴的布告。"

听了胡宇洲的谣言后，刘美树信以为真，顿时怒火中烧，恨不得将鄢厚然立即捉拿归案，却没有想到这只是胡宇洲的阴谋。

刘美树把自己的帽子戴在头上，甩下了破棉衣，提起手枪连声说："我去把他抓来！"

其他人劝说不了，张官波便要求和他一同前去。

刘美树是山东人，已经 37 岁了，经历了无数的战役，而张官波 18 岁，刚刚参加工作没多久。

这一去要往返 15 公里，刘美树一个人去，谁也放心不下，经过再三劝说，刘美树才带上了张官波。

4 月 8 日 17 时左右，他们二人就上路了，行至离区 5 公里的长茂司，天色已经暗了下来，那里距鄢厚然家还有几公里山路。

有一位善良的群众知道土匪正在策动暴乱，见刘美树就两个人黑夜前来，劝说道："你们人地生疏，现在'气候'不好。"

这位好心群众是想告诫他们，这里很危险，土匪已经做好了偷袭他们的准备。

刘美树这才醒悟过来，马上原路往回赶。

胡宇洲见刘美树已经中了自己的圈套，秘密让手下通知肖真轩伏击刘美树。

打击暴乱匪徒

刘美树和张官波在返回途中，在砂田子经过了一座桥，那是一座已经腐蚀的木桥，走起来非常危险。

当时，刘美树走在桥中，张官波走出桥头，肖真轩就带领3名土匪在附近向他们猛烈射击，他们身中数弹。

在疼痛中，刘美树和张官波举着枪进行反击，但因伤势过重，难以支撑，跌落在水里。

土匪下水把两人拖到南岸，拿起刀残忍地把二人砍死。土匪良心泯灭，又从附近找来柴禾，把尸体用火焚烧了。

到了4月10日，王务之在二龙坪组织20多名匪徒，到长阳丰竹园（长五边界）企图抢劫工作组枪支，因为根本没有找到工作队的影子，就扑了空。

之后，王务之马上带匪徒与各路土匪一起合围采花区政府。

土匪以机枪、步枪、刀矛、土枪土炮和被蛊惑来的无知群众300多人扑向区政府。

当时，在采花区政府里电话无法和外界联系，下乡干部无人回区，上下联系全部中断，守卫区政府的干部战士忧心忡忡，人人都在思考如何应对如此凶险的局势。

在这关键时刻，刘美树和张官波又至今未归，音讯全无，想必是出了什么意外。

于是，区中队文化教员鲁真马上召集全体干部开会，商量对付土匪的办法。

在这次紧急召开的会议上，大家一致认为，形势十分危急，等刘美树回来部署指挥已不可能，大家决心动员所有人员，团结迎敌，以土制碉堡为依托，誓死保卫采花区政府。

会上讨论确定了三条应急措施：

一是严防内部出问题，先解除罗九云的武装。因罗是收粮管财务的，以防乱中丢失账款为由，将罗带入碉堡，枪弹交他人用来阻敌，实则将其软禁起来。

二是派区政府通信员张凤武化装成茶农，并请一名可靠群众为伴，连夜赶到湾潭去搬兵增援。

三是全体干部战士拼死据守。中队战士坚守碉堡，居高临下，掩护区政府。

区机关全体干部固守在区政府，人人挖战壕，修筑工事，阻击敌人。

大家随时密切地监视碉堡下面的敌情活动，保证碉堡的绝对安全，相互团结，紧密配合，坚持等到援兵的到来。

这三条应急措施让全体人员有了统一的行动目标，稳定了大家的情绪，增强了对抗土匪的信心。

土匪发起进攻后，解放军战士死死地坚守阵地，耐心等待着援军的到来。

打击暴乱匪徒

面对解放军战士的奋勇抗争，这些暴乱的土匪始终也未能前进半步。

守城的解放军战士和干部们，久久不见援兵到来，电话不通，采花区政府处在土匪的炮火的包围之中，枪支弹药越打越少，吃的东西也不多了，大家心里很着急。

采花城的老百姓家里没有多少粮食，富裕人家也受到了土匪的控制，城内的情况十分危急！

在这个关键时刻，区干部陈华主动请求，经指导员王海卿批准，让他化装成采花小学教师，并安排一名战士，化装成校工，冒着生命危险，再次去五峰城向县委报告采花区的情况。

当陈华行至离采花区15公里的最高山西堂界时，碰上土匪拦路盘查。他临危不惧，沉着应付土匪，以给学生买书和购办公用品等借口，混过了土匪的盘查。

陈华用半天的时间跑了45公里山路，找到了县委委员、城关区委书记邢克山，将采花土匪暴乱的详细情况报告县委，为歼灭土匪立下功劳。

县委了解到采花区的情况后，连夜进行了商讨。在11日中午，五峰县委组织部长刘尚带领一个班，从白溢火毛洞赶往采花区。

路过火烧岭的时候，土匪见刘尚骑着白马，估计随后必有大军，所以没敢轻举妄动。

当队伍过去后，发现解放军没几个人，但刘尚早已走出了土匪的射程之外。

在 17 时左右，县大队的韩清桥又从湾潭带领两个班出发，途经树屏营、后槽、采花台抵达采花区。

增援的人马在经过莫家溪河谷时，和敌人相遇，双方发生了激战。当他们把土匪击溃后，继续快速地往采花区赶。

这时，采花区里只剩下一个排的兵力了。

看到县里的援军到了，在采花区坚守的战士们和区干部喜出望外，感动得流下了眼泪，热烈欢迎增援部队的到来。

各路部队一起研究作战方案，随即分头进入前沿阵地，迎击匪徒的再次进攻。

解放军的兵力虽有明显加强，但土匪的势力仍不可以忽视。

到了晚上，土匪突然在区政府的前后高山上，烧起两处大火，两处相隔 5 公里，但仍能听到柴火燃烧的声音。土匪以此来威胁采花区的守城部队。

匪首钱福堂亲自指挥着匪众，伙同王务之纠集各路土匪和被蛊惑的群众 400 多人，将采花区政府团团包围，不断发起进攻，但是，他们的每一次进攻都被解放军的守城部队打退。

土匪轮番进攻，始终无法接近解放军的阵地，打到 4 月 12 日凌晨，也没有推进半步。

忽然，一个土匪慌忙报告王务之说："县公安中队攻破莫家溪防线，向采花方向开进。"

打击暴乱匪徒

得知这个消息后，土匪的阵地一阵混乱。

王务之被迫下令撤退，那些受蛊惑而来的群众也一哄而散。

到了12日，天刚亮，部队和区干部分别组成几个组，向区政府四周的群众展开宣传，解放军大部队马上就要到来，土匪很快就要被消灭了。

宣传队公开说要为大部队寻找住宿的房子，通知保长吴九陔准备粮食柴火、铺草，稳定群众。

对于解放军的举动，土匪们都很害怕，都暂时老实了很多。

围攻采花区政府再次失败后，土匪并没放弃继续和解放军进行对抗的念头，气焰依然很嚣张。

匪首派匪徒在周围山头燃火壮胆，到处鸣枪放炮，在通往采花区的各个路口，都有大量土匪伏击。

当时，县政府派出线务员余成威、朱建望与采花小学教师冯国斌赶往采花。

行至火烧岭的时候，他们紧急修补中断的电话线路，却当场被土匪捉住了，3人死在敌人的乱刀之下。

丧心病狂的土匪，对和人民政府有关系密切的人，一律绑架谋害，残杀泄恨。

在暴乱初期，大村副保长谭本之、白鹤村一姓周群众都因给区政府送过信，被土匪知道后，遭到了他们残忍的杀害。

在土匪发动的这次暴乱中，采花区牺牲解放军战士、区干部和革命群众 19 人，被抓干部战士 7 人，被抢夺机枪、手枪、步枪 21 支。

在这期间，叛匪杀人放火，猖狂至极，抢劫民财，欺压群众，无恶不作，一片白色恐怖，严重危害了人民的生活和社会的安定团结。

采花区的老百姓和各界人士盼望着解放军能够早日把这伙土匪剿灭干净。

宜昌军民联合剿匪

1950年4月12日，湖北宜昌地委、宜昌军分区领导在宜昌民乐戏院主持召开军人动员誓师大会。

大会提出的口号是：

保卫胜利，保卫新中国！

在这次会议上，宜昌地委书记、军分区政委王延春向独立六团下达了"坚决镇压反革命暴乱，彻底消灭五峰采花土匪"的剿匪命令。

独立六团团长邹作盛代表全团指战员宣誓：

不消灭土匪，绝不回宜昌！

4月15日，宜昌地委秘书长李东波率领地委工作队先行到达五峰城关，会同五峰县委书记孟月山和五峰城关区委书记邢克山等分析暴乱匪情和剿匪措施，并就了解到的情况和作战部署向宜昌地委作了书面报告，准备主动出击土匪。

4月17日，李东波率地委工作队前往采花区，而独立团团长邹作盛、政委刘慎民率4个连的指战员也开赴采花。

根据李东波的建议，地委随后派出地委文工团近100人，一起来到了采花地区。

到达采花区以后，就成立了"五（峰）长（阳）清剿指挥部"，邹作盛任指挥长，李东波任政委。指挥部通过无线电台，直接与宜昌军分区进行联系。

在剿匪策略上，要求部队做到以下几点：

采取大力开展政治攻势，分化瓦解与武装歼灭相结合的方针

写出大批布告和标语，张贴于全区和邻省、邻县等边沿结合部，悬赏捉拿湖北省保安副司令袁良甫和匪首钱福堂、王务之。

施加政治压力，震慑敌人。部队分别开进采花台、大村、牛庄、楠木桥等土匪活动猖獗的地区。工作队、文工团分成小组随部队前往。紧密配合，大力宣传"首恶必办、胁从不问、立功赎罪、立大功受奖"等政策，家家户户墙上都写上了大小不等的标语。

打击暴乱匪徒

向群众宣传全国解放的大好形势，发动群众积极行动起来，投入剿匪斗争，和土匪划清界限，不窝藏土匪，不给土匪一粒粮食。

为群众演出革命战斗故事和军民鱼水情等戏剧，提高群众觉悟，密切军民关系。

召开土匪亲属会议，教育启发他们劝说亲人改邪归正，弃暗投明，给予宽大处理，坚持反动立场继续作恶的，严惩不贷、坚决镇压。

在解放军战士和党员干部耐心劝说下，当地群众纷纷觉醒。

土匪在群众中已隐藏不住，被迫躲进深山，只是在夜晚或防守薄弱地方进行偷袭。

因此，指挥部决定，剿匪部队以排或连为单位，分片清剿搜索。工作队和文工团分成若干小组随同部队行动，深入开展群众思想工作。

部队和工作队也及时改变斗争方法，要求如下：

由重点进攻改为普遍清剿，分住各村，白天发动群众，支援生产，协助组建乡村政权和民兵组织，掌握土匪信息。

夜晚由部队和民兵配合搜山查洞，捣毁土匪搭盖的栖息棚，使之无处藏身。

断绝粮源，断绝信息，使其日夜不得安宁，灭其嚣张气焰。

4月下旬，解放军又在湾潭、白溢两个区建立了新的政府机关。

同时，党员干部抓紧组建乡、村人民政权、农会和民兵组织，基层工作力量得到了进一步加强。

剿匪部队到处搜捕土匪，步步推进，土匪开始往大山里逃窜。

由于没有粮食吃，土匪们常常抢劫老百姓的粮食来维持生计，很快就激起了民愤。

土匪每到一处，就有群众送信揭发，有力地支援了剿匪工作。

4月29日，采花区中队指导员王海卿带领两个机动班到西界堂汪家墩一带搜查土匪。返回区里的时候，途经火烧岭，突然与王务之、王定安、陈美大率领的土匪"第一支队"相遇。

土匪占据着有利地形，而采花区中队的人数很少，又在土匪的射程范围之内，处境十分危险。

王海卿却认为这是剿灭土匪的绝好机会，于是下令和土匪开战。

双方打了半个时辰，突然左边窜出一股土匪，区中队避其锋芒，退守在一道土坎下面，后方却陷入了土匪射程内的开阔地带。

中队指导员王海卿激励战士说："与其撤退被打死，不如拼命与敌人战斗到底！"

这里山高险峻，虽然区中队向敌人发起了多次进攻，却未能全歼敌人，而且区中队多人伤亡。

这场战役一直打到傍晚还没有停息，区中队既攻不上去，又无法后退，始终无法占领土匪的阵地，而身上

打击暴乱匪徒

的子弹也没有多少了。

在此关键的时刻，解放军独立团搜山部队经过楠木桥，发现对面山上打得热火朝天，马上指挥炮火增援区中队。

迫击炮弹射向土匪阵地，土匪背部受敌。

土匪看到解放军来了援兵，慌忙开始撤退。

区中队和独立团这个时候也筋疲力尽，也决定撤离。在撤回采花区的途中，区中队副队长走散。路过茶垭时，让两个土匪挡住了去路，他迅速掏枪击毙了一个，另一个土匪逃跑了，这才脱险回到了区里。

土匪在火烧岭被打败后的第五天，钱福堂、陈绍轩带"第三支队"100多人窜到湾潭区茅庄板厂一带活动，抢劫民财，要粮要钱！

群众早已恨之入骨，主动向驻守湾潭的县大队报告匪情。

大队长何子龙亲率一营兵力，急行军50余公里赶到了茅庄，这个时候土匪正在蛟儿湾扎营做饭吃。

县大队迅速调整状态，大队长何子龙让一连正面进攻，让二连和便衣队两侧迂回包围土匪营地。

当尖刀排将匪徒所有哨兵放倒之后，何子龙下令冲向土匪阵地，各连战士犹如闪电一般杀入敌阵。

但土匪的反应却很敏捷，迅速组织人马，占据有利地形，负隅顽抗。

县大队一连在机枪、六〇炮掩护下，向土匪的阵地发起猛烈的攻击。

二连和便衣队、尖刀排迅速包抄，切断退路，匪徒阵脚大乱，溃不成军，狼狈逃命。

战斗数小时毙匪 10 多人，匪支队长陈绍轩和 60 多个匪徒被活捉，缴获一批武器弹药。

人民群众拍手叫好。

匪首钱福堂跑得口吐鲜血，由心腹保镖拼死护卫，幸免一死，逃走后，在老家后槽一带山上躲避。

打击暴乱匪徒

全歼武装匪徒

土匪发动的多次暴乱都受到了解放军和区政府的痛击，已经是穷途末路，再也没有力气和解放军对抗了。

面对马上就要被剿灭的命运，土匪开始在 1950 年 5 月 24 日进行试探性投降。最后，这些无恶不作的土匪流氓，终于向人民低头了。

首先是匪首钱福堂派长子钱祖家带着手枪和步枪向剿匪指挥部投降。钱祖家还和指挥部的领导商谈其父钱福堂的投降问题。

剿匪指挥部的领导说，只要缴械投降，从此不再做伤天害理的事情，共产党和解放军一定会对他们宽大处理的。但如果继续对抗的话，就一定将其全部剿灭。

回来后，钱祖家向钱福堂传达了解放军意见，钱福堂经过激烈思想斗争，才下定决心投降人民政府。

6 月 1 日，钱福堂和次子钱祖博带着枪支向指挥部缴械投降。

钱福堂一家缴械投降后，使得土匪的抵抗心理开始崩溃，因为匪首都投了降，匪徒们也只能跟着投降。另外，钱福堂投降后，并没有受到解放军的严刑拷打，而是安然地待在家里，对解放军和新政府的顾虑也放心多了。

钱福堂投降之后，攻击牛庄班、杀害解放军指挥员的周博安、周祐家、王俊民、刘炳举等土匪骨干也纷纷来到剿匪指挥部投降。

截至 7 月 13 日，剿匪指挥部共收缴轻机枪、备用管、步枪、手枪、各种战刀、手榴弹、子弹、军号若干。

为了彻底剿灭土匪，指挥部又安排田子模等一批有经验的党员干部，开办缴械投降人员思想改造训练班，讲解全国已经解放的形势，讲党的方针政策，给投降的土匪指明出路，启发他们认识自己所犯罪行，检举揭发还在躲藏的土匪，政府会给他们立功赎罪的机会。

同时，政府内部的土匪奸细罗九云，因为罪恶深重，经上级部门批准后，公开审理镇压，极大地震慑了土匪。

剿匪部队还从部队中抽出精干力量，组成若干个"飞行组"，穿着老百姓的衣服，腰插短枪，神出鬼没，寻找土匪的行踪，决定一网打尽。

剿匪部队在人民群众的大力支援下，不定期实施大规模群众性搜山查匪行动，还充分利用民兵力量站岗放哨、设关堵卡，配合剿匪部队行动。

军民联合行动让土匪无路可逃，纷纷落网。

从 1950 年 6 月上旬开始，"飞行组"在各村民兵和广大群众的积极协助下，搜遍了五峰、长阳、巴东、鹤峰、石门等县边界线上的每一个山头，一些顽固的土匪首领相继落网。

台山村的顽匪漆光南是钱福堂的忠实党羽，钱福堂

打击暴乱匪徒

投降后，漆光南却拒绝投降。

对于这个极其顽固的土匪头子，民兵战士就把他家给团团包围了，很轻易就把他捉拿归案。

而严家河的土匪骨干胡显卿在大批土匪投降后，依然顽固不化，做最后的挣扎。

剿匪部队经多方侦察，胡显卿在藏身地被剿匪部队和民兵围住。

胡显卿想逃出解放军的包围圈，却被击中了大腿，束手就擒。

杀害刘美树和张官波的凶手、土匪骨干肖真轩也被剿匪部队逮住了。

"飞行组"和民兵协同作战，让土匪纷纷逃窜。

经过一系列的战斗，土匪已经无路可逃了，投降是唯一的选择，和剿匪部队对抗的结果只有死路一条。

7月底的时候，除匪首王务之和鄢厚然、夏阴林还在潜逃外，其他土匪大部分已经投降或者被剿匪部队击毙，这当中擒获土匪大小头目100余人，投降的也有100余人，缴获各种枪支100多支，子弹上万发，还有大量的军用器具。

经过7个月的剿匪行动，终于把土匪肃清了。

为了庆祝剿匪行动的胜利，老百姓在大街上载歌载舞。每一个人的脸上都洋溢着微笑，他们感谢共产党和解放军除掉了这些长期欺压自己的土匪恶霸，从此真正当家做了主人。

剿匪的胜利并不意味着从此就可以安枕无忧了。绝大多数降匪被释放以后，在群众监督下积极改造，服从领导和安排，愿意重新做人。

但也有少数土匪头目和惯匪无法适应这种生活，时刻都在寻找机会妄图东山再起。

匪首钱祖家释放回家后，继续和区政府进行对抗，引起了群众的严重不满，再次将其扭送到区政府。

有一天，区中队全体指战员都在田地里干活，枪支弹药全部整齐地立在营房的墙上。

当时，看守罪犯的副班长和一名战士见牢房便桶已满，令钱祖家和另一犯人把便桶倒在外边的田里。

钱祖家他们把便桶抬到田边的时候，钱祖家就拿起手里的扁担砸向了副班长的头部，副班长头部开始大量冒血。

另一个土匪正欲抢下副班长的枪，在这紧急时刻，副班长扣动扳机，把那个土匪当场击毙。

听到枪声，钱祖家拔腿就跑。

两名战士奋起直追，终于在一个河沟里将这个顽匪击毙。

杀害刘美树和张官波的刽子手肖真轩两次被送往宜昌劳动改造，两次越狱逃到山里。第二次逃跑后，怕被别人发现，就没有直接回家，而是跑到地龙坪干亲家处，躲避起来了。

干亲家对这个无恶不作的土匪头子，早就恨之入骨，

打击暴乱匪徒

所以干亲家表面上应许，叫他藏在屋里，之后就把民兵叫来了。

民兵一看见这个双手沾满了鲜血的杀人犯，分外眼红，气愤至极，当场砍掉了他的脑袋，送区人民政府悬吊示众。

匪乱平息之后，匪首王务之等人仍在潜逃之中，剿匪部队一直没有发现他们的踪迹，但对他的搜捕工作一直都没有停止过。

到了1950年冬天，剿匪部队终于发现了王务之等人的线索，决定迅速出击捕捉他们。

根据村民的反映，王务之的叔叔王明汉和鄂厚然的干亲家胡昆元经常往来于板栗溪的深山密林。

剿匪部队在掌握可靠情报之后，马上审问了王明汉、胡昆元二人。

剿匪人员告诉二人：坦白主动，可得到1000斤粮食的奖赏，如抗拒、窝藏，继续作乱，一律严惩不贷。

在干部们的耐心劝说下，二人交代了王务之等三人在板栗溪桃树坪的隐藏地点。

得到这个情报后，剿匪部队率领"飞行组"、民兵和手持镰刀、猎叉的群众400多人，押着王、胡寻找王务之等三人的下落。

队伍经过一处悬崖的时候，王明汉故意跌倒，惊动了山崖下的王务之等人。

王务之等人看到解放军要来捕捉他们，就一头钻进了深山老林里，并凭借悬崖峭壁和茂密的树林，和剿匪部队进行负隅顽抗。

剿匪部队和民兵多人受伤，搜捕行动陷入了被动的局面。

当天晚上，王务之突破剿匪部队的包围圈，逃到了裴家槽一山洞。

洞在悬崖之中，左侧通行小径完全暴露在射程之内，由有"神枪手"之称的鄢厚然把守洞口。

剿匪部队和民兵在重机枪掩护下，发了多次强攻，却牺牲了17名战士。

为了有效地打击敌人，指挥部改强攻为"围控"。

采花区政府密切协助剿匪部队，迅速组织民兵、群众1000余人参与行动，控制方圆5公里一切路径和大小路口。

长阳、巴东、鹤峰等县大队也奉命相继赶到防守地点，让王务之等人无路可逃。

一天夜里，乌云密布，山里一片漆黑，王务之等三人趁夜爬出洞外，妄图凭借茂密丛林和复杂地形冲出解放军的包围圈。

而在这个时候，解放军的突击队秘密潜入到了洞内，却发现土匪早就离开了，不知道去了什么地方。

突击队经过分析后认为，王务之等人熟悉这里的地形，有可能想乘机逃脱。

突击队决定先退出山洞，在外围加强防守，迫使他

打击暴乱匪徒

们再次回到洞中，然后合力围剿。

事情真的如突击队的判断，到天快亮的时候，王务之等人见各个路口都有人把守，又灰溜溜地回到了洞中。

于是剿匪部队开始封锁洞口，准备长期围困洞里的土匪。同时每天都用土喇叭喊话，劝说他们放下武器，争取宽大处理，还动员他们的亲属轮换劝降。

一个土匪的老婆首先近前喊话，还没说几句，就被洞里的人开枪打死。

之后，又围了三天，指挥部预备长梯、湿棉被和集束手榴弹，督促匪属再次喊话，促其尽快缴械投降，否则只有死路一条。

王务之的父亲急得哭喊道："本娃子（王务之的乳名），严世英（王的小老婆严世英，王最疼爱的一个女人）就在洞外，你赶快出来吧，救救一家人吧！"但洞里却没有任何反应。

这个时候，解放军的炊事班送来香喷喷的饭菜，战士们拿着碗，用筷子敲得像奏乐一样，香味顿时弥漫到了山洞里。

多日没有吃过饱饭的王务之在洞口喊道："缴枪投降可以，先要给送饭吃。"

指挥部同意了他们的要求，令王务之的老婆严世英和鄢厚然老婆廖才梅送饭到洞中，劝说他们投降。

严、廖二人把饭送进洞中，对三人说："你们只有出去缴枪才有活路。外面围得紧紧的跑不脱，不出去饿也要饿死！"

三个人都饿极了，只是狼吞虎咽，并没有说什么。

吃饱后，鄢厚然伤心地说："我们打死了他们那么多人，出去也是死，不如自己死得了。"

对于鄢厚然的话，王务之表示赞同，长长地舒了一口气，要自己的老婆严世英出去。

严世英出洞以后，王务之对鄢厚然说："完了，鄢保长你送我们先走吧。"

短暂的犹豫之后，鄢厚然端起枪，轻轻地闭上眼睛，把王务之、夏阴林打死，然后把枪递给自己的老婆，转过身，要她开枪打死自己。

他的老婆握着手里的枪，不知道如何是好。鄢厚然又夺过枪，将枪口对准自己下巴，用脚趾踩动扳机，重重地倒在了地上。

长期盘踞在采花地区的土匪，烧杀奸掳，欺压人民，无恶不作。解放后，又利用我部队东移集中整编之机，组织武装暴乱，妄图凭借大山与我军顽抗。

我清剿指挥部集中优势兵力，历时 4 个月，全歼武装匪徒。

在清剿土匪的同时，组建了乡、村政权和民兵组织，强化了专政职能。

一场剿匪行动彻底结束了，当时人们看到倒在血泊里的三个土匪，战士们和当地的人民群众拍手叫好。

他们都在想，如果他们不是土匪，没有伤害老百姓

打击暴乱匪徒

的利益，那么他们完全可以和自己的家人享受天伦之乐。然而他们走错了路，任何违背人民利益的人，最终都会受到惩罚的。

1950 年"八一"建军节后，剿匪部队主力撤回宜昌，留下了部分兵力，继续驻守山区，配合开展轰轰烈烈的土地改革运动。

1951 年，政府批准将一批罪大恶极、血债累累的反革命分子公审镇压，巩固了胜利成果。

平息九里坪土匪暴乱

1958 年上半年，从抗美援朝前线归来的张士雄回到家乡长阳县城。

8 月份，张士雄被派往九里坪农场任保卫班长，也就是民兵教员，负责训练 30 多人的民兵团。

11 月 28 日晚上，张士雄在邓家垴铁厂事务室楼下睡觉。此前，县武装部的张参谋一直睡在这间屋里。刚好这天晚上他外出不在，张士雄和另一名县商业局送货下乡的职员杨福民睡在这间屋子里。

凌晨 2 时左右，睡梦中的张士雄突然听到有人破门而入，吼道："缴枪不杀！"

他刚睁开眼睛，便听见"轰"的一声土铳响声。只见睡在他脚头的杨福民中了土铳，一颗子弹从他的下颚穿透到后脑部。

张士雄立即用被子捂住杨福民。

他意识到，土匪肯定是为了抢夺枪支。

于是，张士雄拼命护住冲锋枪和步枪，还有配备的 37 发子弹。

转瞬间，刀影在黑暗中闪了一下，他感到自己左臂生疼，用手一摸，血肉模糊。

土匪最后抢走了步枪、土枪、挂包、手表。当听见楼上有动静时，土匪迅速逃窜。

土匪们又连夜张贴反动标语，气焰嚣张。

在武装暴乱前的 28 日深夜，暴乱分子张子林割断牛庄大队电话线，切断了当地与县里唯一的联络。

张子林曾任当地团干部，因犯错误受处分被开除。他不满这一处分，就加入了这次反革命暴乱行列。

据后来调查时获知，当时的反革命头目陆金堂秘密串联心腹张顺早、陆伍廷和鹤峰不法之徒曾宪廷等谋划反革命暴乱，企图先到铁厂抢走民兵的枪支后，把"右派"分子拉拢到一起，攻打占领九里坪公社，然后占领牛庄，攻下沙河农场，再顺势攻下渔峡口区，攻下县城，攻入宜昌，步步打出去。

张士雄其实根本就不认识陆金堂，陆金堂原是牛庄大队的秘书。陆金堂认为共产党的当地政府没有提拔他当党委书记而不满。

素有"土匪窝子"之称的牛庄暗藏着几名 1950 年"采花暴乱"残余势力，他们一直在寻找暴乱的机会。

于是，这些残渣余孽和陆金堂等人一拍即合，谋划反革命暴乱。

土匪们纠集当地不满共产党的群众，发展了 70 多人的势力，秘密组织暴乱。他们侥幸认为，九里坪山大人少，天高皇帝远，万一起事不成还可以保全性命。

由于他们仅仅抢到枪，没有抢到子弹和枪栓等，土匪没有武器，无法进行下一步攻打九里坪公社的计划，便纷纷连夜逃进了九里坪的大山里。

张士雄担心土匪还会返回来，强忍着伤痛将子弹藏进袋子里，悄悄绕道往后山上躲藏。

钢铁厂的厂长李友才当时在楼上睡，听到楼下有土匪枪响声，就在大冬天里，穿着短裤从约一丈高的山墙上跳下去，一口气跑了5公里路到牛庄，向公社党委书记张振汉报告。

李友才叫醒熟睡的张振汉，上气不接下气地说："土匪……暴乱……六七十人，拿着土枪和刀，把……把张士雄杀了……民兵的七八支枪被抢走了……"

当时整个公社里唯一可以和县城联络的就是一部摇把电话，而且有时线路还不通。

公社党委书记张振汉拼命摇，却偏偏在这个关键时刻怎么也打不通。

张振汉灵机一动，迅速将电话打到渔峡口公社书记聂武槐处，让他火速将敌情报告县公安局。

牛庄大队民兵连长罗明月在暴乱发生的当晚，迅速向大队部报告匪情，深夜，他又召集民兵上山站岗放哨，密切监视防止土匪卷土重来。

第二天一大早，土匪发动武装暴乱的消息就在整个农场里传开了。

张士雄的女朋友向克英听到他受伤的消息后，循着雪地里的斑斑血迹一路找到山上，终于在一个树桩下面找到了已经昏迷的张士雄。

民兵们迅速找人把张士雄用担架抬到了县医院进行抢救治疗。

九里坪暴乱发生后，当地沙河公社党委，一面组织民兵站岗放哨，监视敌人动向，一面向县公安机关报告。

当地民兵立即上山，堵住土匪去路。

匪首陆金堂带领 70 多名暴匪逃窜到长阳与鹤峰、巴东三县交界处的张家湾。

29 日清晨，距离较近的五峰县武装中队近 30 人最先赶到事发现场。

九里坪武装暴乱当天晚上，县公安局召集各区特派员开大会。

在会上，时任县公安局局长李文榜曾专门询问渔峡口区特派员钟云山："你牛庄那里该没什么问题吧？"

钟云山说："我才去过，没什么问题。"

谁也没想到，李文榜放心不下的牛庄还是出了土匪暴乱的大事！

会后，李文榜下达紧急通知：紧急集合，执行任务！

队长点了 15 个人，命令每人带上 5 颗手榴弹和 100 发子弹，连夜奔赴九里坪。

28 日晚深夜里，长阳县委副书记张景昶接到民兵打来电话，报告九里坪发生了土匪的武装暴乱，说"打死人了！"

县政府立即召开紧急会议，一方面报地委办公室、宜昌军分区司令部，一方面与恩施地委和巴东、五峰、鹤峰三县公安局联系，协同调集兵力。

29 日清晨，宜昌专署公安处副处长连升捷和民警大队长张坤祥，带领公安人员和武装民警赶赴长阳，张景昶率领县公安局人员及民警中队两个班 100 多人，全副武装，连夜从县城资坵到天子口过河，然后通过双龙、白庙、桥坪、傅家堰，赶赴九里坪公社。

他们一路上马不停蹄，第二天天亮时，终于赶到了双龙乡。

一行人简单吃过饭后，又急速行军，总共走了 120 公里路程，第二天晚上抵达牛庄大队。

部队一来，土匪吓坏了。

部队抵达九里坪的第三天，五峰县公安局派出两名干警回来接省总队民兵。

两人在长阳双龙与省总队碰上头。

12 月 3 日，抵达九里坪的县公安局，会同宜昌地区公安处组织成立前线剿匪指挥部，共结集民兵 812 人，干部 93 人，公安民警 141 人。

这次行动由宜昌军分区副政委侯占太任指挥长，恩施专区中级人民法院院长曾子民和宜昌专署公安处副处长连升捷任副指挥长。

剿匪指挥部确定三大战术：

一是围攻，迅即在二百平方公里的范围内包围封锁山岔林边和大小路口，进行武装搜捕，继而又增设内线包围，步步逼近，将敌压缩在四十五平方公里范围内。

二是发动群众喊话，让群众对着藏在山洞里的土匪喊话，劝说其投降。

三是攻心战术。

剿匪民兵层层封锁，而且还要随时防备土匪在山林里放暗枪，不敢有丝毫疏忽。

由于当地群众对打仗特别害怕，加上土匪的欺骗和威胁，各县市民兵刚到九里坪时，处处见不到群众，隔远见到有人，等走近时人就不见了。

为了以最少的牺牲获取最大的胜利，剿匪指挥部展开了强大的宣传攻势，一面做好匪徒家属工作，宣传"宽严"政策，劝敌投降，一面召开群众大会，广泛宣传大好形势及土匪对人民的危害。

逃窜的暴乱匪徒藏在洞里没有吃喝，家属便偷偷给他们送饭。

剿匪指挥部派出政工人员，挨家挨户给土匪家属做工作，宣传只有共产党才是广大人民群众的救星。打倒蒋介石，人民当家做主。对土匪是"首恶必办，胁从不问，立功受奖"，坚决彻底地消灭，不消灭干净绝不收兵等政策。

指挥部的宣传工作，使群众从思想上认识到暴乱行为是反革命行为，是人民政府反对的。

平暴部队政工人员又在洞外向躲在其中的土匪喊话，指明陆金堂等匪首是反革命分子，揭露其暴乱的真相，叫他们不要上当受骗，如果及早清醒还有"宽处"机会。

政工人员还趁土匪家属送饭的时机，将外面形势告知土匪，劝他们出洞投降。

暴乱匪徒顿时陷入恐慌之中。

数十名饥饿难耐的土匪在家属的劝降下，先后走出山洞向我军投降。

整个剿匪斗争进行到半个月的时候，大部分土匪出洞投降。

剿匪指挥部对土匪放出话来，所有防备民兵只要看到土匪就大喊"不许动"，如果连喊三声"不许动"，土匪仍然逃脱的，就开枪。

大部分土匪通过喊话和家属做工作纷纷投降。

张早兴、张早地两弟兄是最后走出山洞的土匪。

张早地、张早兴的家属在山洞外喊了几天话，告诉他们只有投降才有出路，但两弟兄始终不出来。后来，没有家属送饭了，自己临逃时带的食物都吃完了，两土匪饿得没办法，便趁着夜黑偷偷从洞里溜出来。

两人担心一出来便被捉，便一前一后躲着往家里跑。张早兴走在前面，民兵早已经在他们家中布下埋伏，只等其落网。

张早兴一踏进家门，为防止其逃跑，民兵迅速一拥而上，将张早兴活捉。

打击暴乱匪徒

张早地走在后面，刚走进家门口，便听到屋里有动静，他预感到不妙，转身飞快逃跑。

民兵在后面紧追不舍。张早地飞奔，民兵连喊数声，他仍不停下投降，民兵果断开枪将其击毙。

张早地、张早兴兄弟俩顽固的结果极大震慑了剩下的顽固分子，他们纷纷投降。

在山洞与民兵周旋 20 天后，眼见大势已去，两眼饿得发黑的陆金堂，偷偷潜逃至大山沟里以前一个相好的农妇家里。

距离该山沟较近的鹤峰民兵早有预料，所以就在此前通过多方做工作，已经做通了该农妇的工作，她答应配合民兵抓获陆金堂。

陆金堂一路躲藏，一逃进该农妇家门就让她给他做饭吃。

农妇镇定地说，你先上楼睡觉，我在楼下给你做好了饭再叫你下来。

把陆金堂送上楼后，农妇说马上出去拿柴火做饭。这时，农妇偷偷出去将消息报告给埋伏在周边的民兵。

陆金堂躲在床上双眼还未合拢，就听见楼下有脚步声，他迅速拿起枪瞄准楼道口，准备逃跑。

民兵一拥而上，民兵傅中书刚到楼口就被陆匪卡住脖子，他毫不畏惧。

其中一人一个箭步冲上去，趁陆金堂不备，一把紧抓陆金堂举枪的手腕。

众民兵上前缴枪，将陆金堂生擒。

武装搜山时，匪徒陆伍廷被活捉后逃跑，牛庄大队民兵连长罗明月奋不顾身进行追捕，终将其捉拿归案。

经过半个月的围剿，到 12 月 14 日，匪首陆金堂、陆伍廷以及匪徒朱会清等 74 人被活捉，潜逃匪首吕祖和畏罪自杀。

通过搜查，共收缴步枪 6 支、土枪 8 支、子弹 5 发、大刀 8 把，还有 2 颗手榴弹。

据审查，案犯中有巴东人 4 名，鹤峰人 35 名，长阳人 35 名，分别押送各有关政法机关，依法惩处。

平暴民兵在九里坪的日子极其艰苦，吃不饱，睡不好，所幸当地群众在认清形势后，对平暴斗争给予了大力支持。

原长阳县委副书记张景旭回忆说，土匪全部落网后，剿匪指挥部最开始决定在沙河开万人大会，枪毙 8 名罪大恶极的土匪。

但到了开会的头一天半夜里，省军区来电话要求，一律不枪毙，将土匪全部押回县里再说。

剿匪指挥部遵守诺言，对于受骗参与暴乱、情节较轻的土匪，全部释放，给其改过自新机会；对情节较严重的土匪由长阳县人民法院进行公开审判。

时任县法院法官的黎泽牟等人参与审判，朱明等人负责押送犯人进入法庭。

审判庭上，土匪雷正凯、惯匪陆伍廷跪在地上向法

打击暴乱匪徒

官求情，要求宽大处理。

陆金堂见两人在法庭上哭着求情，不屑一顾地说："有这副肚肠，就吃下这服药。"意思为既然造反，就要面对这个下场。

当天，三人被宣判死刑，立即执行。

美丽的清江两岸，终于恢复了往日的宁静。

四、 剿灭兴山匪患

● 张金聚大喝一声，扑上去欲夺土匪张家瑞的枪。众干部一见张金聚动了手，也一拥而上。

● 战士们从敌侧集中火力扫射，匪徒纷纷丧命，敌中队长杨国宗胳膊被打断。

● 解放军攻下狮子垭、赵家垭、高家城等地，匪兵士气颓废，一触即溃，疲于奔命，大部分会道门自行解散

乡政府干部拼死搏斗

1949年10月6日，在白天，湖北兴山县湘坪乡的人民群众还在热烈欢庆新中国的成立，人们载歌载舞，笑容洋溢在他们快乐的脸庞上。

到了夜里，兴山县依旧沉浸在欢乐的气氛中。

湘坪乡工作队会议室里很热闹，乡长张金聚正带着几个干部和群众围坐在煤油灯下，开会讨论为解放军筹集军粮的事情。

但谁能想到，就在这样一块宁静美丽的热土上，一场土匪暴乱就要开始了。

这几名新生政权的基层领导将与土匪展开一场惊心动魄的搏斗。

就在大家正在讨论研究的时候，突然听得门外一声枪响。

张金聚起身刚要去开门，门却"嘭"的一声被踹开了，闯进来10多个人，长长的枪口对着会议室的干部和群众。

后面一个声音阴冷地说："张乡长，近来可好啊！"

大家定睛一看，原来是隐匿在深山中的匪首张家瑞，他举着一支短枪就进来了。

张家瑞一伙借山大人稀、地形复杂的条件，拼凑散兵游勇，组成"兴山县人民自卫团"，招摇撞骗，企图颠覆新生的民主政权。

张金聚临危不惧道："你好大胆子，敢闯人民政府！"

张家瑞冷笑一声："有什么不敢？驻湘坪的解放军都调到贺家坪去了，这里不过是空镇一座。"

张金聚心里一沉，没想到这伙土匪在深山里流窜这么久，对解放军部队的动向还一清二楚。

张金聚心里这样想着，脑海中在快速地思索着对付这帮土匪的办法……

张家瑞见张金聚不语，以为他胆怯了，就甚是得意地说道："我这次回来可没打算再走，别以为解放军还能回来救你们，国军宋希濂的精锐之师早就在贺家坪严阵以待。我在这里截了共军后路，断了他们的供给，两头夹击，管叫他有去无回……"

张家瑞说到这里，张金聚已是忍无可忍，大喝一声，扑上去欲夺张家瑞的枪。

众干部一见张金聚动了手，也一拥而上。

会议室里顿时枪声大作。

一阵激烈的搏斗，张金聚和 10 余名干部群众倒在敌人的枪下，壮烈牺牲了。

张家瑞惊魂未定，擦了一下额上冷汗，骂道："真是找死！"说着一挥手，"走，去仓库看看。"

一个土匪指着地上的尸体问："这怎么办？"

张家瑞冷笑一声："连房子一起烧了，用这'人民政

剿灭兴山匪患

府'来扬我之威!"

就这样,湘坪乡工作队会议室顿时被土匪的一把大火烧得火光一片。

恶贯满盈的张家瑞等人在熊熊的大火前狂笑,周围数千匪众在火光中举枪狂呼。

夜空被映得通红,燃烧的大火仿佛是为张金聚等人的牺牲和土匪的嚣张而爆发出的怒火……

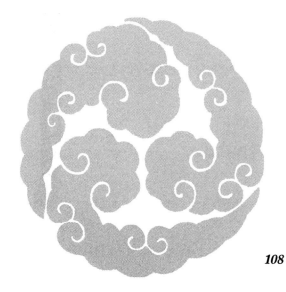

驻军抗击土匪暴乱

这股土匪究竟从何而来？为何会这么嚣张？事情还要从兴山解放前说起。

当时，湖北沙宜已解放，国民党鄂北绥靖公署溃逃进兴山，极力扶持地方武装，召集兴山县木鱼坪的张家瑞、平水河的张冠武、复兴乡的王秀堂、保康县九龙寨的孙秀章等会道门头目，共商"反共防共"计策，并扩编"兴山县民众自卫总队常备大队"，配备了轻机枪、手枪、步枪、手榴弹等武器。

1949年8月6日，湖北军区独立第一师解放兴山县城时，国民党兴山县政府的地方武装没有遭到致命打击，分别向湘坪河、木瓜园、木鱼坪一带逃窜，投奔原国民党兴山县湘坪乡乡长张家瑞。

兴山县木鱼坪的张家瑞一伙借山高险峻、地形复杂的条件，依靠巫山、大巴山一线的国民党宋希濂兵团为后盾，拼凑散兵游勇，组成"兴山县人民自卫团"。这些土匪残害百姓，无恶不作，疯狂叫嚣，妄图颠覆新生人民政权。

张家瑞任团长，胡凤鸣、顾平泉为副团长，余宏楚为主任，下编两个营，活动于木鱼坪、三溪河、湘坪、龙门河等地。他们网罗一些散匪和旧军政人员，如平水

剿灭兴山匪患

乡张冠武、湘坪乡徐开安等，利用欺骗手段，招降纳叛，组织反动会道门。

张家瑞还在群众中进行如下反革命活动：

发展"一贯道"、"归根门"、"结兄弟"、"同生死"、"共患难"等反动组织，设佛堂，烧香拜佛，喝鸡血酒，并用"诚心诚意者，身上刀枪不入"欺骗群众。

还规定18岁至45岁男性农民一律参加，并备好武器。采取3人联结，单线联系情报的听令作战方式。

同时，他们与保四旅和盘踞于兴、房、保边境的孙秀章匪帮以及秭归会道门首领陈定国遥相呼应，坚决与人民为敌。

他们还利用农民惧兵心理，散布"共产党对人民残暴"等反动谣言，打出"获粮获命，保财保命"的口号，招摇撞骗，企图颠覆新生民主政权，显得十分猖狂。

当时，兴山刚刚解放，各个重要乡镇都有解放军驻军把守，给反动分子造成极大威慑，所以张家瑞等土匪并没有轻举妄动。

兴山县人民政府趁机发动强有力的政治攻势，大力宣传"惩办与宽大相结合"的剿匪政策：

首恶必办，胁从不问，立功受奖。

政策攻心的胜利，为后来的武力清剿顽匪奠定了坚实的基础。

解放军的宽大政策引得敌人纷纷投降，包括原"兴山县民众自卫总队常备大队"大队长贾宗玉。

短短一个月的时间，就收缴轻机枪、步枪、短枪，以及手榴弹、炮弹、炸药等武器若干。

湖北兴山县的驻守部队，乘胜追剿残匪，攻下狮子垭、赵家垭、高家城等地，土匪无力抵抗解放军的强大攻势，一触即溃，慌忙逃窜。

然而到了 10 月 6 日，隐匿在深山中的匪徒在张家瑞的带领下，趁湖北军区独一师在贺家坪与国民党宋希濂部酣战之际，配合湘坪乡反动会道门"大道会"发动武装暴乱，这就出现了本章开头的那一幕，残忍杀害了多名政府干部，其手段令人发指。

烧了乡政府后，气势汹汹的张家瑞召集匪徒 3000 人，控制了湘坪乡的 11 个保和南阳乡的庙垭、百羊寨、七连坪、三里荒一带，而后窜到孟岩和沙坪子，直到半峡的峡门口，妄图抢劫白沙河仓库军粮。

在这个时候，湘坪乡民主政府撤到了柚子树，区中队撤至白沙河。

同时，南阳、三溪、平水的反动会道门也相继发动暴乱。

他们翻过三步垭，攻打古夫乡工作队，打死乡分队魏排长和 3 名战士，抢走机枪和军粮。

在石门，匪首王家垴、陈光山带领数百名匪徒分三路合围古夫区中队，情况万分危急，区中队长许昂基决

定分班突围。

此时，土匪已逼近区中队。

区中队的二、三班几经冲杀，突围至敌后，只有一班被冲散，班长杨照玉被土匪包围，战士们闯入匪群，与匪徒一阵拼杀才救出班长，成功突围。

在 3 个班战士的奋勇抗击下，匪徒慌忙逃窜。

到这里，土匪共侵占了 4 个边远乡，他们开始得意忘形起来，行动更加猖獗，计划兵分两路进逼兴山县城。

剿灭兴山土匪

为了打击土匪的嚣张气焰，宜昌军分区派遣十四团二营的四、六两个连到兴山剿匪。

县指挥部将两个连的战士分派至各乡，配合地方搞好支前工作，维护社会治安。

当土匪准备行动的时候，县指挥部决定用两个连的兵力保卫县城及附近仓库。

同时，指挥部发展县乡武装，将各乡分队合编为区中队，部队由 12 个班扩编为 24 个班，将主要兵力逼近土匪活动中心南阳河一带。

同时，县政府又组织学校师生和各阶层有关人员到群众中去发动宣传，揭露反动会道门的欺骗手段和罪恶阴谋，使不少受蒙骗的群众觉醒，放下武器，归向了人民政权。

1949 年 11 月份，湖北军区从荆州军分区抽调一个步兵连和一个机枪连进驻兴山。

第四野战军五十军抽调一个营协助兴山剿匪，并组成巴东、秭归、兴山联防指挥部，李玉华任指挥长。

宜昌军分区驻兴山县两个连和兴山县指挥部下辖区中队，大大加强了剿匪的力量。

匪首唐柏松袭扰南阳河，并在堰塘坪与顾平泉的

"大道会"纠集在一起，企图在三里荒伏击支前民工。

县指挥部获悉情报以后，在11月7日下达作战命令。

命令如下：

> 兵分三路出击，一路由四野一个营从伍家坪向张家老屋场搜剿。二路由荆州来的两个连经杉树沟向店子坪迂回布网。三路由宜昌派来的一、二连随县指挥部从白沙河沿山梁向土匪进攻。

7日9时，杉树沟战斗打响了。

10时左右，当县指挥部许县长率队抢占三里荒山头阵地时，"大道会"头目顾仁泽带领匪徒冲进阵地，双方展开了激烈的交战。

这个时候，隐蔽在树林子里的敌中队长杨国宗率匪众猛扑县指挥部阵地，指挥部受到威胁。

正值千钧一发之际，解放军从敌侧集中火力扫射，匪徒纷纷丧命。

敌中队长杨国宗胳膊被打断。"大道会"头目顾仁泽也被当场击毙。

霎时间，敌人阵地一片混乱，一窝蜂似的朝茅簏山逃散。

这次交战，歼敌36人、生俘3人，缴获步枪30余支、子弹500余发。

土匪主力受到严重打击。

张家瑞在杉树沟战斗受到重创后，在龙池宫召开紧急会议，决定把各地反动会道门联合组建成"自卫团"，统一指挥。命令唐柏松扼守狮子垭，并对其"骨干"加封官职，鼓动他们继续和人民政府对抗。

剿匪部队经过杉树沟战斗后，掌握了山地作战经验，决定继续追歼土匪，不让土匪有停下来的机会。

县指挥部在县委、政府的领导下，贯彻"军政并重、剿抚兼施、双管齐下"的剿匪策略，依靠军事上的优势和正确的指导，打击反动会道门组织。

具体做法如下：

在战术上，集中优势兵力，占领有利地形，诱敌围歼，先击溃主力，后分歼小股，另外，惩治首恶分子，教育受骗群众，分化瓦解，打击顽匪。

与此同时，展开政治攻势，组织工作队，深入匪区边界，召开群众大会，宣讲党的政策和全国形势，组织控诉会，把新仇旧恨集中到会道门头目身上。

而对于俘虏，严格教育，遣散回家，战死的匪徒家属给予抚恤。

政府的这些宣传，使匪众纷纷冒死到当地政府投诚，

并主动报告匪情，协助政府缉拿匪首。

11月25日，兴山县指挥部兵力部署就绪，向匪徒盘踞地区发起猛攻。

作战部署如下：

> 兴山县大队一连及各区中队沿古夫、三溪、平水一线出击清剿；荆州军分区两个连驻守榛子一带，防匪北窜；宜昌军分区两个连及四野一个营集中火力向匪中心湘坪、龙门河、九冲河、木鱼坪一线清剿。

作战命令下达之后，解放军向敌人发起了猛烈的攻击，直逼茅麓山。

11月27日，攻下狮子垭、赵家垭、高家城等地，匪兵士气颓废，一触即溃，疲于奔命，大部分会道门自行解散，少数顽固分子逃窜到龙虎山、擂鼓台一带。

清剿部队乘胜追击，一气追剿至张家瑞老巢木鱼坪。张家瑞带领残余狼狈逃进漫无人烟的神农架。

唐柏松雪夜潜回龙门河接妾，准备逃往四川，被解放军擒获。顾平泉后在隐藏地黄龙山树林里被活捉。

张家瑞、陈石瑛潜逃至四川，后被追捕归案。

到1950年年初，湖北军区为加强鄂西长江以北，大巴山以东地区的剿匪力度，成立鄂西指挥部。

指挥部驻九道梁，兴山县被列为重点清剿地区。

在鄂西剿匪指挥部的统一部署下，全县剿匪经历大小战斗数十次，共击毙匪徒 200 多人，遣散反动会道门胁从分子 1000 多人。

　　匪首张家瑞、陈石瑛、顾平泉、张冠武、张国光、余宏楚、陈复华等全部被缉捕归案，兴山县境内残匪彻底被剿灭，社会秩序井然有序，各项工作也迅速开展起来，各界群众欢欣鼓舞。

剿灭兴山匪患

表彰剿匪英雄

1950年初，湖北军民在鄂西剿匪指挥部的统一部署下，全省民兵利用人熟、地熟、匪情熟的有利条件，积极配合部队作战或单独作战，取得了相当好的战绩。

据不完全统计，1950年至1952年，民兵单独或配合部队剿匪作战7496次，参战人数9.6353万人，毙、伤土匪4523人，俘敌7405人，瓦解敌237人。另外，缴获枪支和子弹、各种炮及炮弹、刀矛、手榴弹、火药等数量巨大，为巩固新生政权作出了重要贡献。

在剿匪运动中涌现出了32个模范乡队，54个模范中队，61个模范分队，13个模范基干队，民兵特等及一、二、三等模范1.9614万名，涌现出剿匪英雄和民兵英雄。

兴山县本地也涌现出了一批战斗英雄，宜昌军分区在庆功大会上，表彰了兴山县大队部和各区中队的剿匪英雄11名。他们分别是：

吴明清、朱宏宽、高清山、张友志、刘顺山、陈文正、王福忠、周良贵、陈文超、龚道善、康天德。

他们的名字将永远铭记在人们的心中。

参考资料

《中国革命战争纪实》金立昕著 人民出版社

《解放战争大全景》豫颖主编 军事谊文出版社

《第四野战军征战纪实》魏碧海著 解放军文艺出版社

《大追剿》尹杰钦 刘道林著 广西人民出版社

《大决战：纵横中南》凌行正著 长征出版社

《四野1949》傅静 铁军 宣村著 黄河出版社

《十大王牌军》本书编委会编著 广西人民出版社

《第四野战军战史》本书编委会编著 解放军出版社

《震撼人心的历史瞬间》樊易宇 邓生斌著 长征出版社

《四野十大主力传奇》魏白著 黄河出版社

《解放军英雄传》本书编委会著 解放军出版社

《五十年国事纪要》余雁著 湖南人民出版社

《铁壁伏匪记》邓德礼著 贵州人民出版社

《开国大镇反》白希著 中共党史出版社

《国史全鉴》本书编委会编著 团结出版社

《中南解放战争纪实》金立昕著 人民东方出版社

《王树声传》本书编委会著 当代中国出版社

《南天烽火：中南大剿匪》彭新云 倪齐生著 解放军

出版社

《汉江血痕》 王顺才 申春著 云南人民出版社

《正面战场大会战》 孙继业著 团结出版社

《李先念传》 朱玉主编 中央文献出版社